U0080909

拯救世界吧！少女魔王！

魔王陛下是我的專屬女僕！

05

傲嬌二少・艾米亞
少女魔王・莫忘

莫忘

表 女高中生。

裏 魔王陛下。

私 溫和乖巧，能體諒他人，是個外柔內剛的好女孩。

技 透過「做好事」積攢魔力值，以增加自己的速度、體質以及力量，並可藉此召喚新的守護者；可是若做了壞事就會被扣魔力值，導致體力下降。

艾斯特

表 莫忘的表哥。

裏 來自魔界的魔王陛下第一守護者。

私 總是一臉正經嚴肅，實則是個重度魔王控，在魔王面前會展露出愚蠢、輕微抖M和易失落的傾向。

技 武力派。

格瑞斯

表 莫忘的表哥二號。

裏 來自魔界的魔王陛下守護者。

私 起來極其優雅，其實是個天然呆，偶爾會做出讓人啼笑皆非的事情。常與艾斯特拌嘴卻又互相信任。

技 擅長各種魔咒。

賽恩

表 莫忘班上的轉學生。

裏 來自魔界的魔王陛下守護者。

私 開朗無比，天然呆與天然黑的集合體。懂得尊重前輩。他全心全意信賴著魔王，並且想一直守護著她。

技 巨力武鬥派。

石詠哲

表 男高中生，莫忘的青梅竹馬。

裏 勇者大人。

私 輕微驕傲，與他人相處還算隨和，但和莫忘在一起時卻相當的傲嬌。

技 被勇者之魂附體的情況下會使用出劍術，卻每次都被魔王「空手接白刃」；可透過「做壞事」積攢魔力值，召喚聖獸來為自己作戰。

布拉德

表 石詠哲養的白貓。

裏 勇者大人的召喚獸。

私 因吞下聖獸之魂而變得會說話。性格傲嬌，貪吃好色無節操，格外嫌棄勇者，巴不得跳槽到艾斯特身邊。

技 裝萌討小魚乾吃，抱著艾斯特的褲腿猛蹭求摸摸。

薩卡

表 石詠哲養的白狗。

裏 勇者大人的第二隻召喚獸。

私 自帶死魚眼的捲毛大狗。嗜睡、酷愛甜食，常吐槽自家勇者，還容易被甜食吸引而被人牽著鼻子走。

技 「轉換」，對有生命的物體進行靈魂轉換。

尼茲

表 一隻有小型兔尺寸的白鼠。

裏 勇者大人的第三隻召喚獸。

私 戴著單邊眼鏡、一派優雅儒士的打扮。說話淡定不激動，但講出來的話卻容易讓人激動暴走。

技 因其聰明才智，被稱作「移動圖書館」。

艾米亞

表 艾斯特的弟弟，克羅斯戴爾家族的次子。

裏 兄控。被莫忘認為是個抖M。

私 性格惡劣、毒舌，又有孩子氣的一面，內心深處非常依賴和喜歡哥哥，因此在覺得被哥哥拋棄後做出了報復性的舉動。

技 以魔法戰鬥為主，不擅長近身戰。

瑪爾德

表 魔王陛下的第四位守護者，魔力強大的天才。

裏 被族人稱為「怪人瑪爾德」。

私 脾氣溫和卻不擅與人交流，對於懶得搭理的人會直接無視。厭惡戰鬥到一站上比武場就暈厥。夢想是當花農。

技 擅長醫療和解咒。

尤雅

表 石詠哲新的小夥伴，一隻小黃鳥。

裏 勇者大人的第四隻召喚獸。

私 名副其實的戰鬥狂，每天最愛做的事情就是找其他聖獸打架。因為勇者耐打抗揍，於是得到牠的認可。

技 可以溝通任意空間。撞殺。

CONTENTS

第一章 魔王陛下是偽・無口少女？ 007

第二章 魔王陛下是女僕！ 039

第三章 魔王陛下是文豪？ 075

第四章 魔王陛下是暴力少女！ 101

第五章 魔王陛下是新娘。 129

第六章 魔王守護者是怪人？ 167

第七章 魔神大人是熟人？ 205

第一章

魔王陛下是偽．無口少女？

「凡賽爾，把這個拿出去吧。」

繫著白色圍裙的棕髮女孩笑著點了點頭，端起桌上那籃烤好的麵包就走了出去。快要走出門時，她聽到身後的卡莎大媽輕聲感慨道：「多好的女孩子，怎麼就是個啞巴呢？」

「……」凡賽爾——或者說莫忘無奈的抿了抿脣，這真的不是她的錯啊！不是不想說，而是不能說。

她來到這個世界已經足足十天了。

為了解除艾斯特身上的「雙生藤」詛咒，她在萬不得已的情況下選擇召喚新的守護者。

幸運的是，召喚出了正確的人。

不幸的是，她終究還是跌進了別人設好的陷阱……

那天，站在魔法陣中、被那些漆黑而冰冷的手抓住而墜落的時候，莫忘原本以為自己死定了，甚至在某一秒，她聽到有人說話。

「那個模糊的身形就是所謂的魔王陛下嗎？終於落到了我的手裡。」然而緊接著，對方的話語轉急，大喊出聲：「這是……法陣怎麼了？！」

對方似乎失敗了。

因為莫忘從天而降到了某個水潭之中，幸好她會游泳，否則恐怕早已淹死了。

費盡千辛萬苦從水中爬到岸邊躺下時，她曬著太陽，迷迷糊糊回想起來——自己召喚瑪爾德時，似乎忘記在最後放置身體的一部分了。

但與此同時，這邊的某個人似乎處心積慮想要抓住她，就是因為這個原因，魔法陣才在缺失「貢品」的情況下運轉起來，召喚出了瑪爾德嗎？那麼她的運氣好像不錯，弄錯儀式不僅沒耽誤治療艾斯特，還陰錯陽差救了自己的命。

嗯，果然好人有好報！

而後，她就那麼昏睡了過去。

醒來時，已經躺在了某輛馬車之中。

她就這樣被這家餐館的老闆撿了回來。

莫忘的手輕貼著胸口，那裡是尼茲所送的吊墜所在的地方。

得知她要不顧一切召喚守護者後，尼茲把這個吊墜借給她，據說是從前的某位勇者從魔王手中奪到的寶物，卻沒人能使用，然而奇妙的是，在她拿到吊墜的瞬間，腦中就出現了吊墜的用法，原來是個換裝用的小道具。

製造出吊墜的那位魔王不知道有著怎樣的愛好，總之，透過這個吊墜可以改變自己的髮色。莫忘認真的覺得，她爬到岸上的第一件事就是使用了它真是太明智了，尤其在聽說「衛兵們正在抓捕一名染了黑髮冒充魔王的女性逃犯」後，更覺得如此。

因為這個詭異的世界判斷魔力強弱的最基本方法是透過髮色，沒有魔力的普通民眾髮色大多是棕色、灰色以及褐色的。比如收留她的這家人，一家四口的髮絲都是棕色的。

只有擁有魔力的人才會擁有其他髮色，顏色越純粹，魔力就越強大。而其中，純正的黑色，據說只有「傳說中的魔王陛下」才會擁有。

莫忘總覺得這個設定她似乎在哪裡聽過，不過既然想不起來也就懶得想了。

而且來到這裡之後，她發覺自己能聽懂這個世界的語言，也能說，可是卻不會寫。

當然，這是很正常的，艾斯特他們剛去到她的世界時，似乎也是同樣的狀況，只是艾斯特憑藉超強的學習能力很快就學會了文字書寫，而其他人……回想一下賽恩那一塌糊塗的試卷……她默默的在心裡悲傷了一下。

那麼，裝作啞巴的原因是什麼呢？

真相只有一個！

使用變裝吊墜的代價。

沒錯，使用它除了需要大量魔力外，還不能說話，否則立刻就會恢復原形。

前者對莫忘來說是喜事，雖然每天無時無刻不被吸收魔力讓她覺得有點疲乏，但同時也減少了暴露的危險，被抽取魔力後的她在其他人眼中真的只是一位普通的少女；而後者……算了，凡事哪能只有好處卻沒有壞處呢？

「凡賽爾，累嗎？」

莫忘轉過頭，發現叫自己的是傑斯大叔，他和卡莎大媽是夫妻，兩人一起經營著這家餐館。他們有兩個兒子，一個比她大一歲，一個比她小五歲。

剛到來時，她不能說話也不會寫字，沒有辦法清楚說明自己的狀況，也無處可去，但即便如此，他們還是收留了她這個來歷不明的人，這真的讓她非常感動。如果之後能幫他們做一做力所能及的事情，她絕對不會推辭。

莫忘搖了搖頭，示意自己並不累。

「她就在屋裡走來走去，又不需要劈柴打水，能累到哪裡去啊？」

說話的是傑斯大叔的小兒子——安迪，他似乎一直不太喜歡莫忘。

當然，作為大姐姐，再加上自己也是寄人籬下，莫忘當然不會和他計較，於是她撓了撓臉頰，對他露出個善意的笑容，卻得到了一聲輕哼和一個白眼。

「臭小子！」傑斯大叔一個栗爆就砸到了自家兒子頭上，「給你媽幫忙去！」

「……哼！」

安迪狠狠的瞪了莫忘一眼，靈敏的躲過自家老爸的鐵拳攻擊，一溜煙的跑到後面的廚房去了。

「凡賽爾，別在意，那小子就是欠揍。」

莫忘點了點頭，再次露出一個微笑。

她當然不會在意，那小子的可惡程度，比起中二時期的石詠哲還差很多……不對，石詠哲那傢伙似乎現在也沒擺脫中二呢哼！

「洛爾那傻小子怎麼還不回來？還有客人要送餐呢。」

莫忘比劃了下，示意自己可以去。

傑斯大叔卻搖了搖頭，嚴肅道：「不行，那家都是男人，妳去了不安全，還是我去吧，妳好好看店。」

莫忘乖巧的點了點頭。其實以她的力氣，揍翻幾個男性不成問題，但在這裡還是低調點比較好。

十天了，她的生活終於算是安定了下來，可是……究竟該怎樣才能回去呢？完全找不到辦法。

失蹤了這麼久，他們一定很擔心吧，有來找她嗎？如果來了的話，又在哪裡呢？她完全不知道。

「凡賽爾，是妳在看店啊。」有顧客招呼她。

莫忘點頭。

「老規矩。」

「我要多加一杯酒。」

莫忘再次點頭。

表示「收到」的莫忘一路小跑到廚房中，對著牆上貼著的食物點了點，時不時再用手指示意是幾份，這是比她大一歲的洛爾想出來的法子。

這個世界非常奇怪。

看來像是西方的中世紀，但又有著標準的中餐，能想像麵包加麻婆豆腐這種奇怪的搭配嗎？很多人這樣吃！而人們的名字也是中西都有，甚至還有中西結合。普通民眾的生活水準很落後，比如照亮是使用蠟燭，但是根據他們的說法，貴族的生活中居然有著水晶燈之類的物品。

簡直像是個大雜燴。

所以說，這個坑爹的魔界到底是怎麼一回事？

「凡賽爾，是妳在看店啊？」

又一次說出這樣話語的人，是送餐歸來的、比她大一歲的少年洛爾，他與自己的弟弟不同，是個性格爽朗的帥氣小夥子，附近的人都非常喜歡他。

莫忘點了點頭，拿起櫃檯下面的乾淨毛巾遞了上去，因為這次距離較遠的緣故，他額頭上掛著不少的汗珠。

「謝謝。」

莫忘擺了擺手。

【不客氣。】

「還有其他東西要送嗎？」

莫忘指了指之前傑斯大叔站的位置，又伸出兩隻手指頭做出走路的樣子。

「是嗎？老爹去了啊。」

莫忘點頭。

【是的。】

在這個家裡，大概是因為年齡差不多的緣故，洛爾和莫忘的溝通是最為順暢的。

莫忘看他汗流得厲害，轉過身倒了一杯果汁，放到了他的面前，做了個「喝」的手勢。

洛爾笑著說：「謝謝妳，凡賽爾。」

莫忘指了指少年。

【是你自己家的東西，謝我做什麼？】

「謝妳幫我倒啊。」

「……」

莫忘還沒說什麼，旁邊的客人倒是爭先恐後笑了出來。

「洛爾，你這一手是跟誰學的？」

「是啊，你老爹都沒你這麼會哄女孩子。」

「哈哈哈……」

「怪不得這小子討女孩喜歡。」

「什麼時候能喝你們的喜酒啊？」

莫忘：「……」這傢伙才十六吧，結婚真的沒問題嗎？

面對顧客們的起鬨，本應羞窘的洛爾只是爽朗一笑：「等大叔你結婚了再說吧。」

「……我才二十三歲！才不是大叔呢喂！」

「對啊，你什麼時候結婚啊？」有人開始嘲笑「大叔」。

人們的話題瞬間偏轉了。

洛爾鬆了口氣，轉過身對莫忘輕聲說：「他們胡說八道的，妳別當真。」

莫忘歪頭。

【啊？當真什麼？】

剛才因為驚訝過度的緣故，她壓根沒注意到對方說的是「你們」而不是「你」。

「……不，沒什麼，不是什麼重要的事情。」

「……」

【奇奇怪怪的。】

「凡賽爾，過來端菜！」

聽到這樣呼喚的莫忘轉過身，快速的朝廚房所在的方向跑過去。

可是當她端菜出來時，卻意外的發現——店中站滿了衛兵。

莫忘端著托盤的手輕微的顫了顫，她這算是……被發現了嗎？

——鎮定！

她在心中這麼對著自己說。

如果她真的被發現了，這些人早就上來抓人了，不可能老老實實的站在店中央。再說這些天以來，聽說衛兵抓捕的只是「染了髮的女性」，卻沒有說明清楚其他條件。從這些細節就可以看出，那天她來到這個世界時，主謀者並沒有看清她的長相。

莫忘斂起心神，臉孔上浮現出疑惑的表情，端著托盤繼續朝前走去。她現在身上穿的是最普通的亞麻裙子，髮絲也是棕色，看起來就是個最普通的少女。

「這是怎麼回事？」衛兵看了她一眼之後，皺眉說：「你們家的人口登記名冊上並沒有她的名字。」

「……」人口登記？這個世界居然也有這種東西嗎？

「哦，是這樣的。」洛爾解釋說：「不久前我在盧克郡的叔叔嬸嬸一起去世了，我堂妹她一個女孩子無法照顧自己，我們就把她帶過來。」

「堂妹？盧克郡，應該是位於國境附近吧，那麼偏遠地方來的人嗎？」

「嗯。」洛爾表現出強大的心理素質，撒謊不打草稿的說：「這裡的客人都可以作證，我們之前為了去那裡，餐館都關門了一段時間。」

「是的，我可以為他作證。」

「我也是。」

「是啊，好久沒吃到滿意的飯菜，都想死他們了。」

某種意義上來說，洛爾的話也不全是謊言，他的叔叔嬸嬸的確去世了，也的確留下了一個女孩，他們也的確把那個女孩帶了回來，可惜她似乎不太信任自己多年未見的伯父伯母，路上就跟著自己的情人私奔了。

很是傷心的傑斯夫婦接下來就撿到了「髮色和他們完全一樣」的莫忘。

洛爾清楚的記得，當時凡賽爾暈倒在溪水邊，棕色的髮絲披散，雙眸緊閉，渾身上下滿是水濕的痕跡，看起來狼狽極了。可是，明眼人都能一眼看出，她身上的衣服不是平凡貨色，而柔嫩的肌膚也不是普通家庭可以養出來的。

本打算等她醒來後問問她的身世，可誰知她不能說話也不會寫字。除去媽媽之外，他們父子三人其實都覺得她說的不是真話，安迪也因此對她很有敵意，可是洛爾和父母都覺得這個女孩並不是什麼壞人。

而且，就算欺騙他們也得不到什麼好處，不是嗎？他們雖然很好命的住在王城，卻只是其中的下等民眾。

可能是離家出走的大小姐吧？

劇本不都是這樣寫的嗎？

不過，像這種涉世不深的少女，如果遇到壞人就糟糕了，天知道會遭遇到什麼可怕的事情……所以他們一合計，索性就讓她頂替了堂妹「凡賽爾」的名字，將其帶了回來。

但，她是抓捕的對象？

別開玩笑了！雖然這女孩來路不明，但他們第一次見面可是在水邊，如果她的頭髮有染色，馬上就能看出來。

「妳出來一下。」衛兵隊長聽了眾人的話，不置可否，只是揚了揚下巴，對莫忘說道。

莫忘看似乖巧的點了點頭，將手中端著的食物放在櫃子上，快速的跟著對方走出門。

「姓名？」

「凡賽爾。」一起走出餐館的洛爾替她回答道。

「沒問你。」

「她不會說話。」

「……不會說話？」

「是的。」

對著衛兵隊長的目光，莫忘眼神滿含善意的笑了起來，彷彿不知道對方在懷疑自己似的。她指了指自己的嗓子，又做了個抱孩子的手勢。

「她是說，她出生起就不會說話。」

「是嗎……」

莫忘點頭。

「那，試一下這個吧。」

看眼前的女孩毫不膽怯，衛兵心中的懷疑已經去了幾分，不過還是很謹慎的從懷中拿出了一個小水晶瓶，其中裝著一些褐色的液體。

莫忘不知該做什麼樣的反應，於是繼續保持著微笑。

洛爾卻問道：「這個是？」

「據說那位冒充魔王陛下的女性已經去除掉了髮上染著的黑色，試圖藉此逃脫懲罰。」隊長解釋，「但只要使用這個魔法藥水，如果最近有染髮的話，立刻就能顯露出痕跡。」

「居然有這樣的藥水嗎？」

不知洛爾的感慨觸動了隊長的哪根神經，他也有些感嘆的說道：「是啊，對於沒有魔力的普通人來說，魔法的世界可是很神奇的。」但其很快就收斂了所有神色，「來試試看吧。」

莫忘放在裙邊的手微微顫抖，好在有裙襬的遮蓋，所以無人發現她的這點動搖。

——沒事的，我並沒有染髮，一定不會被看出來的。

她走上前，伸出雙手抓住自己的頭髮，似乎不知道該怎麼做，有些無措的看著對方，而後伸出右手的食指和中指，做了個「卡嚓」的手勢。

這次衛兵隊長看明白了，她是問他需不需要剪頭髮——這樣的女孩，怎麼看都不會是逃犯吧？

他對莫忘搖了搖頭，接著朝身後一揮手，立刻有人送上了一個銀白色的盆。事實上，它的確是銀質的，據說魔法藥水只有在其中才能發揮作用。

而另一個衛兵則將手上瓦罐中的水倒進了盆中。這是最普通的水，但卻是他們親自帶出來的，因為擔心借用的話會有人對此動手腳。

盆中裝滿二分之一的水後，衛兵停了下來，隊長則小心的倒了一滴褐色的藥水下去，藥水很快稀釋在其中，沒有帶來一絲漣漪。

不知何時，客人們已無暇顧及自己的早餐，紛紛圍了上來，爭先恐後的欣賞著「魔法的奇蹟」。然而，這盆水平淡的反應顯然讓他們不太滿意。

「好了，像平時洗頭一樣把頭髮浸入其中。」

莫忘再次點頭，走上前去，緩緩彎下腰，將髮尾浸入其中。她的眼角餘光一直關注著盆中的水是否有一絲變化，見答案是「否」，她微微鬆了口氣。

「用手捧起水，把所有頭髮都打濕。」

已經放下大半心來的莫忘毫不猶豫遵從了對方的話，很快將頭髮打了個透濕，衛兵又仔細的觀察了片刻後，才說：「好了，抬起頭吧。」

莫忘依言而行，接過洛爾遞過的毛巾，對他露出個滿是感激色彩的笑容。

「那麼，大人，您看這孩子……」卡莎大媽不知何時也走了出來，關切的問道。

「她近期沒有染過髮，已經排除了嫌疑。」

「魔神大人在上。」卡莎大媽鬆了口氣，「嚇死我了。」

「媽媽！」洛爾在背後輕輕的扯了下自己的母親，暗示她不要亂說話，「衛兵大人不會亂抓人的，妳不要自己嚇自己。」

「哦、哦！對不起、對不起……」

「沒事。」

類似的情景隊長已經見過很多次，畢竟年長的女性總是愛擔心這個、擔心那個，包括他的媽媽也是一樣，所以並不覺得這很奇怪。

就在此時，旁邊有名男子看衛兵很是和藹，大膽的問：「大人，這藥水真的那麼管用嗎？我最近也染過髮，能驗出來嗎？」反正他們抓捕的是女性，他就算染了髮也不犯事。

隊長注視著眾人好奇的視線，不知為何想起了自己第一次得知這種藥水時的樣子，於是很乾脆的點了點頭，「可以，你過來。」

「好！」

周圍瞬間響起了陣陣掌聲。

有人起鬨說：「好樣的！」

「哈哈哈！我就說你的白髮怎麼都不見了，原來是染掉了。」

哄笑聲中，男子將頭髮浸入了盆中，不過片刻，盆中的水居然閃爍著紅色的光芒，始作俑者被嚇得抬起頭連連後退，而不知何時，他頭上的染髮劑完全褪去，滴了他一身。

「啊！我的衣服！天吶！」男子哀號著跑走。

「哈哈哈，回家又要挨打了。」

「活該啊活該！」

此時的莫忘，已經明白的知道主謀者這麼做的含意，對方並不是想要抓捕「冒充者」，而是十天以來的第一輪搜捕中並未抓住「魔王」，所以對方懷疑她用染髮來偽裝身分。想到此，她不由得再次感謝起尼茲，如果不是牠給的道具，恐怕自己早已被抓起來了。

不過，現在她已經成功的通過了檢查，應該算是個好消息吧？除非有人懷疑到她並且深查，否則應該沒人能發現她的問題。

可是即便如此，也僅僅只能保證她暫時能安全的活在這個世界，有關於「回去」，卻還是毫無線索。

雖然傑斯大叔一家對她很好，她也非常感激他們，但是這並不意味著她就想一直留在這裡啊！

她有自己的家……

有自己的家人……

★◎★◎★◎★◎

不知道是不是因為莫忘的想法，事情開始柳暗花明，因為第二天，她就透過店中客人的口得知了一個消息——克羅斯戴爾家在招收女僕。

「小凡賽爾，要不要去試一試啊？」

「……」

——克羅斯戴爾……克羅斯戴爾……這不正是艾斯特的姓氏嗎！這麼說，是他的家族？等等，這次事件與他的弟弟有關吧？那麼如果去那裡的話，能不能得到回去的線索呢？

「凡賽爾，怎麼了？」站在她身旁的洛爾問道，隨即似乎察覺到了什麼，「妳不要聽羅瑞大叔瞎說，他……」

話音戛然而止，因為他看到女孩的眼睛閃閃發光，就好像在說——

【我要去！】

「凡賽爾，妳真的要去嗎？」

夜間，聽大兒子洛爾說了女孩的決定後，卡莎大媽露出了擔憂的臉孔。

莫忘點了點頭，雖然她也很捨不得這一家人，但這是她現階段所能想到的唯一一個可能回去的方法，絕對無法放棄。再加上……足足十天了，她很擔心他們是不是已經來到這個世界，卻又出了什麼意外。

「可是……」卡莎大媽的表情看起來更加憂心了，她寬厚而粗糙的手掌下意識在圍裙上摩挲著，「那些貴族家的規矩很多，一不小心犯了錯就會受到責罰。我可憐的小凡賽爾，一想到妳可能會挨打我就……」說到這裡，她坐到了一旁的凳子上，伸出手擦了擦眼淚，看起來傷心極了。

莫忘手忙腳亂的拿起一條手帕遞給這位真心待人的女性，而後在她的面前蹲下身來，伸手比劃著。

【別擔心，我會很小心的。】

旁邊突然傳來這樣一聲：「她既然不想跟著我們過苦日子，想應徵女僕的話，就隨她去好了，有什麼好勸的？」

「安迪！」

「本來就是！」小正太很不客氣的對莫忘翻了個白眼，「整天鬼鬼祟祟的，天知道她想做什麼……」

傑斯輕喝出聲：「閉嘴！」

一見自家老爹發話了，安迪哪怕再不滿，也唯有老老實實的閉上嘴，眼睛卻還死死的盯著莫忘，彷彿在說——我已經完全看穿妳的鬼把戲了！

莫忘撓了撓臉頰，她真的就那麼討他的厭嗎？

但沒關係，因為她並沒有任何想要傷害這家人的心思啊，所以她只是對對方笑了笑，然後再換得一聲輕哼。

就在此時，傑斯大叔再次開口：「凡賽爾，妳是認真的嗎？」

莫忘表情誠懇的點了點頭。

「好吧。」

「傑斯！」

「好了，卡莎，對於孩子的決定妳不能干涉太多。」傑斯拍了拍妻子的肩頭，「既然去應徵女僕，起碼得有件新裙子，妳覺得呢？」

「啊，對！」卡莎大媽一聽這話，瞬間忘記了擦眼淚，跳起身就拖著莫忘朝臥室走去，興奮的說著：「我記得櫃子裡有件我年輕時的裙子，還很新！來，跟我去試試。」

莫忘：「……」

某種意義上說，擅長轉換話題的傑斯大叔還真是神人。當然，立刻就能被轉換話題的卡莎大媽也很猛。

兩位女性離開後，三人中最為年長的男性嘆了口氣。

「爸爸……」從剛才起就一直沒有開口的洛爾終於忍不住說話，「真的讓她……」

安迪想要開口，卻在父親的一瞪之下立刻選擇了閉嘴。

「洛爾，你應該很清楚。」傑斯搖了搖頭，「那孩子的出身並不簡單。」

「可是……」

「從見到她第一眼我就清楚，凡賽爾不可能老老實實的留在我們這個家中，她遲早是要離開的。」

「……」

傑斯大叔接著說道：「而且，那孩子的眼神很堅定，就算我們說『不』，也絕對阻止不了她，更留不住她。你明白我的意思嗎？」

「……我明白了。」

「很好。」年長男性欣慰的拍了拍大兒子的背脊，又揉了揉小兒子的頭，「安迪，你也別老和凡賽爾作對，她對你可一點都不壞。」

「……哼。」安迪扭過頭，裝作沒聽到。

「哼什麼哼！去給我倒酒。」傑斯無奈的拍了拍小兒子的頭。

「還是我去吧。」

洛爾無奈的看了眼自家氣鼓鼓的弟弟，憑藉兄弟間的瞭解，其實他覺得自家弟弟並不討厭凡賽爾，只是表達的方式略有點奇怪。

不久後，卡莎大媽興沖沖的推著女孩走了出來，開心道：「你們快看！好看嗎？」

莫忘：「……」別這樣，很害羞好嗎！QAQ

她身上穿著一件白色的連身長裙，用現代的目光看，款式很有些老氣，裙子不僅有著高高的領子，而且有著過長的袖子，將身體的肌膚一點不漏的全部遮住，除去領口處的蝴蝶結和腰間的束帶外，幾乎沒有其他的裝飾。

不過……

莫忘小心的提著裙襬，它的質地摸上去很像絲綢，雖然不太確定究竟是不是，但來了這段時間，她真的很少見到其他人穿這樣的衣服。而且，這件衣服是被放在櫃子的深處妥善收藏的，它對於卡莎大媽的意義，由此可見一斑。

「好看！」傑斯大叔非常捧場的鼓起了掌，順帶推了把自家的兩個兒子。

「嗯，好看！」

「……哼。」

莫忘放下裙襬，有些忐忑的打起了手勢。

【這太珍貴了，我還是……】

「穿著。」大媽很是熱情的拍了下她的後背，「再怎麼貴重的衣服，不穿也是浪費。」

說完，她又瞪了眼自家的兩個孩子，「誰讓他們不爭氣，是男性。」

莫忘：「……」哈……這好像和爭氣不爭氣沒啥關係吧？

「唔，似乎還缺了點什麼？」傑斯大叔摸下巴。

洛爾也摸下巴，「似乎是啊。」

安迪再次輕哼了聲：「鞋子！」

「啊，對！一雙與裙子相配的白色小皮鞋！」

「還有插在束帶上的鮮花。」

「漂亮的髮帶。」

莫忘拚命比劃著：【不用那麼麻……】

「走，去找找看。」

莫忘：「……」

她呆呆的注視著這家人的背影，提著裙子小心翼翼的坐到了板凳上，輕輕撫摸著胸口，隱藏在心中的本就濃厚的愧疚瞬間變得更大了……

這一次深入「敵後」，如果一時不慎，很有可能會給自己和他人帶來危險……但就算這樣，她依舊無法放棄這唯一的希望。

果然，她真的是太自私了。

但是那個時候，從那個人的話語可以判斷出，對方並不想殺死「魔王」，反而是想抓住她。那麼即便發生了什麼事，她應該也可以拿出某種東西作為交換，好好的保護這家人吧？

不，不是「應該」，而是「必須」。

恩將仇報什麼的可不是她的風格啊！

★◎★◎★◎★◎

幾日後，煥然一新的莫忘站在了克羅斯戴爾家的庭院中。

所謂的王都，大致以王宮為中心呈現輻射型結構，越在裡的「圈」，居住者的身分就越是高貴，反之亦然。

直到現在，莫忘才發現艾斯特還真的是大少爺出身，在這寸土寸金的王都中居然有著這樣大的莊園……雖然那傢伙比起「少爺」其實更像「家庭煮夫」……

想到此，她有些想笑，但同時又擔憂的想：艾斯特的身體不知道好了沒？有那位瑪爾德在的話，應該沒問題吧？

庭院中盛開著各色她叫不出名字的鮮花，微風過處，送來縷縷清香，莫忘站在中間的寬敞道路上，因為緊張而感覺身體有些僵硬，好在其他女孩似乎也都差不多是這樣的反應，所以她一點兒也不顯得奇怪。

為了儘快放鬆下來，莫忘決定轉移注意力，然而四處張望似乎不是什麼好行為，所以她低下頭觀察了起來。

從進來時她就發現了，連接這座莊園的道路是用非常大塊的地磚鋪設而成的，而地磚之中又彷彿摻雜著些許金色的粉末，在日光的照射下會反射著淡淡的光芒。雖然不清楚這到底是什麼材料，但並不妨礙莫忘欣賞它的美。

「好了，人差不多了。」

站在他們面前的女性約四十歲上下，身穿著黑白兩色的女僕裝，頭上是白色的頭帶，表情看起來很是嚴肅，她示意最後幾個被帶來的女孩站好後，點了點頭。

「都抬起頭來，站好給我看。」

莫忘深吸了一口氣，依言而行。

這位女性看來不僅是第一關的「面試官」啊！之前她站在門的附近，只是看了一眼，就判斷女孩是留還是走。莫忘很幸運的被留下了，而那些一眼之下就被刷下的女孩雖然不滿，卻也絕對不敢在這裡鬧事。

「嗯，還不錯。」雖然說著這樣的話，這位面試官卻依舊板著臉，沒有露出任何一絲類似於笑的表情，「好了，現在妳們介紹一下自己，姓名、住址、年齡、擅長做的事情……既然敢來這裡應徵，差不多都是做過這份工作的，這些不用我多說吧？」

「是。」女孩們聲音很整齊的應道，看來還真是訓練有素。

莫忘大驚：「……」救命！這裡只招收熟練工嗎？沒聽說過啊！

事實上……還真是，問題是，她看不懂招聘啟事，所以就……QAQ

「我叫海蒂，十七歲……」

「我叫瑪麗，十八歲……」

很有經驗的女孩們自我介紹都流利而快速。很快的，輪到了莫忘。她淚流滿面的抬起手，張了張口，最終無奈的點了下自己的嗓子，做了個無力的手勢。

「妳不會說話？」

莫忘點頭。

「這樣還來當女僕？」
莫忘再次點頭。
「以前有家庭收過妳做女僕？」
莫忘搖頭。
「接受過類似的訓練？」
莫忘再次搖頭。
「……」面試官沉默了片刻後，很不客氣的說：「妳是來搗亂的嗎？」
莫忘：「……」親！相信她！這個絕對不是啊！！！
「來人，把這位小姐請出去。」
莫忘：「……」TAT
她拚命打著手勢，拍胸脯表示：【我很能幹的！而且要錢少！若不給錢的話，包吃包住也行啊！】
旁邊的女孩們都被她弄了個目瞪口呆。
可惜面試官絲毫不為所動，只催促著同樣呆住的男僕：「快點。」
就在此時，突然有人如此問道——

「怎麼回事？」

原本還盯著莫忘的女性面試官快速轉過身，提著裙襬行禮，恭謹的說：「二少爺。」

莫忘：「！！！」二少爺？這麼說……這人是……

莫忘驚訝的朝聲音傳來的方向看去。事實上，不僅是她，其餘女孩也做出了和她差不多的舉動，畢竟這位可是她們以後要服侍的「主人」，再怎樣訓練有素，也無法遮蓋少女們愛好奇的天性。

因此，莫忘此時的舉動並不算突兀。

青年似乎是從某個小花圃後方繞出來的，他身著的白色長袍乍看之下非常類似於莫忘曾在某個遊戲中見到的牧師服，衣物的質地看起來很是上等，細看之下上面還繪著一些不太明顯的青色紋路；他的腰間繫著一條銀色的腰帶，勾勒出腰部的曲線。

而幾乎是看到對方的第一秒，她就暗自確定了，這人果然是艾斯特的弟弟。

原因無他，這位突然出現的青年，有著一頭與他家哥哥完全一樣的銀白色髮絲，只是……為什麼會是齊瀏海？！

不僅是齊瀏海，連及肩的髮絲也是一刀切的感覺！

當然，留著這種髮型的對方本身並不難看，甚至說非常俊俏，畢竟家族基因擺在那裡。

只是莫忘只要稍微想像一下艾斯特年輕的時候留著這樣的髮型，整個人都不好了……

光看臉孔，這位弟弟君和艾斯特長得其實並不十分相像。後者的臉孔要更偏男性化，表情和氣質也要更加冷漠，充滿了某種「生人勿近」的意味，但只要接近就會發現，那傢伙是典型的外冷內熱型；而前者的臉孔則多了幾分中性，雖然也是面無表情，但卻給人一種微妙的「他只是懶得露出表情」的感覺……

簡而言之，如果憑藉第一印象打分數的話，艾斯特必輸無疑。

但是！

問題是！

她沒聽說艾斯特的弟弟是位盲人啊！

沒錯，這位青年的眼睛位置上綁著一條白色的帶子，結結實實的將眼睛蒙住了。

就在此時，快步走上前的面試官——女僕長也已經將所有事情彙報完畢。隨即，莫忘發現青年居然準確的看向了她所在的方向……

他不是看不到嗎？

「就是她嗎？」青年看向莫忘。

女僕長回答：「是的，二少爺。」

「妳真的不會說話？」

莫忘知道這是在問自己，然而她顧不上驚訝，連忙點了點頭。

「把她留下來吧。」

「是。」

於是，她在眾人羨慕的目光中，被留了下來。

莫忘的臉孔上自然而然露出了燦爛的笑容，看起來很開心，可是她的背脊卻微微濕了。

那個人的聲音……和她掉到這個世界時聽到的那個聲音，一模一樣……

果然他就是主謀者嗎？

★◎★◎★◎

約莫下午時分，最終被聘僱的女孩們各自回家收拾東西，因為從明天開始，她們就要住在「主人」所在的莊園中。

莫忘有點捨不得傑斯一家，但這是無法改變的事情，不過這在餐館的大部分客人眼中是一件非常好的事情，因為女僕的工作並不算辛苦，而且薪資也高。

「小凡賽爾，我就知道妳可以……」

「哈哈哈，出頭了別忘記請我喝酒！」

「你不是剛保證要戒酒嗎？」

「……啊哈哈，我錯了。」

餐館中的客人七嘴八舌慶祝著。

「大家安靜！」傑斯大叔敲了敲櫃檯，「為了慶祝小凡賽爾找到工作，今天所有祝福她的人都可以打八折！」

話音剛落，莫忘便被包圍了。

在這樣特別的「慶祝儀式」中，她有些手足無措，好在大家都意思意思就放過了她。

次日，在卡莎大媽依依不捨的目光中，她帶著他們為自己置辦的行李，踏入了日後工作的莊園之中。

第二章

魔王陛下是女僕！

新進女僕們是三人一間房。不帶任何偏見的說，即使是她們所住的房間，也比普通民眾的臥室要美觀華麗得多。

與莫忘同住的是最先介紹自己的海蒂和瑪麗，她們是兩位很可愛的姑娘，對待「沒經過考驗就獲得工作」的莫忘沒有任何敵意，還很同情她的「遭遇」，甚至教她不少關於女僕工作的常識。

而女僕長也從最開始就揪著莫忘一頓魔鬼訓練，讓莫忘本能的強大學習能力瞬間爆發，沒幾天便被女僕長指派端茶給二少爺了。

莫忘當然不想去，雖然從對方的表現來看，她似乎是沒暴露身分，但多多接觸之下，說不定就會引發悲劇。

她連忙搖頭擺手，再做手勢。

【我不行，我是新手，讓其他人去吧……】

女僕長的眼神溫和了些許，但依舊沒鬆口：「妳遲早要做的，先試試看吧。」

她急了，繼續打手勢。

【我再練習幾天……】

「快去！」

「……」

女僕長語氣淡淡的說道：「如果惹少爺不高興，我會考慮扣掉妳三天的晚飯。」

「……」QAQ

她去……她去還不行嗎？

形勢比人強！

在這種情況下，再推辭似乎只會讓人覺得奇怪，也會讓女僕長大人不耐煩，她唯有心中淚流滿面的端著紅茶和點心碟朝二少爺艾米亞．克羅斯戴爾的臥室走去。

★◎★◎★◎★◎

「咚咚咚……」

「進來。」

莫忘依言打開門，果不其然，這位二少爺就像其他女僕所形容的那樣，懶洋洋的靠躺在地上那一堆厚厚的白色皮毛堆中。

青年的面前有一張圓形的矮几，莫忘走過去，小心的將手中的東西放在其上，確認沒有潑灑出來、完成一切後，她微舒了口氣後站直身體，像女僕長所訓練的那樣「動作優雅」的行了個禮，就要離開。

「站住。」

「……」莫忘老老實實的站住。

青年動作準確的端起了桌上的紅茶，輕抿了一口後，抬起頭看向女孩臉孔所在的方向，問道：「妳是那天那個小啞巴？」

「……」

現在的莫忘已經知道，這位二少爺不是完全看不到，而是有一隻眼睛看不到，他覺得戴上眼罩後像「獨眼龍」，實在太難看，於是找專人訂做了繫眼的帶子，其他人透過帶子看不到他的眼睛，而他卻能透過帶子看清楚一切。

不過……小啞巴這種稱呼也太難聽了吧喂！

雖然心有不滿，莫忘還是很乖巧的點了點頭。

「名字呢？」

「……」

艾米亞問完後，才發覺自己似乎問了個傻問題，既然是個啞巴，又怎麼能說話呢？

然而，出乎他意料的是，女孩居然在圍裙的口袋中一頓掏摸，很快就拿出了一張折疊的紙片，她仔細的將其打開，舉起展示！

「凡——賽——爾？」

莫忘點頭。

「這是妳自己寫的？」

莫忘點頭。

「字可真醜。」

「……」

莫忘淚流滿面，這不是為了交流方便嗎？她還特地問了一下餐館裡某個識字的客人，並求對方寫了出來，私下裡她練了很多次才寫成這樣的！女僕長大人都誇獎她說「能認出是什麼」了！

字醜怎麼了？起碼她人不醜！

「和妳人一樣。」

「……」他真的沒有讀心術嗎？

艾米亞補充說：「我是說，跟妳剛來時一樣。」

他清楚的記得，這個小啞巴穿著土得掉渣的白裙子，腰間還插了一束不知從哪裡來的野花，盤起來的頭髮上也是，看起來簡直像個移動花壇。他一時覺得滑稽，就示意哈麗把她留了下來。可是今天再看，她已經換上了白紅相間的頭帶和女僕服，長髮披散著，也沒有插什麼多餘的鮮花，看起來雖然不能說非常漂亮，倒真的是順眼多了。

當然，她圓溜溜的眼睛彷彿「控訴」似的看著他時，依舊挺滑稽。

「別難過，人靠衣裝，妳現在已經沒那麼難看了。」

莫忘：「……」這傢伙真討厭，真的！人醜怎麼了？起碼她心靈美！

艾米亞邊說著，邊從一旁拿起了一張紙與一根羽毛筆，在上面用華麗的花體字寫了個大大的名字，莫忘很快就認了出來，那是「凡賽爾」。

做完一切後，他抬起手把紙張遞給她，「以後用這個向別人介紹自己。」

莫忘連忙接了過來，她不得不承認，這字的確寫得比她好。

——這傢伙也許沒那麼討厭？

還不等她道謝，對方突然接著說：「把妳那張紙給我。」

莫忘愣了愣，隨即把自己寫著名字的紙張遞了過去，而後就見對方隨手將紙張揉成了一團，直接丟垃圾桶裡了。

「這種會丟克羅斯戴爾家族臉的東西還是別留了。」

「……」這傢伙果然很討厭！

雖然心中已經把某人翻過來滾過去的揍了幾十次，莫忘還是恭恭敬敬的把手中的紙片折疊好，重新塞入圍裙的口袋中，而後再次行了個禮，做手勢詢問。

【我可以走了嗎？】

「不可以。」

「……」

艾米亞看著她，一臉「妳不懂得感恩」的模樣說：「我幫妳寫了名字，妳就一點報答的想法都沒有嗎？」

「……」

莫忘做手勢：【我有道謝。】

「剛才的禮節？也太沒誠意了。」艾米亞摸下巴，「用妳這個月的工錢如何？」

「……」

莫忘繼續做手勢：【少爺，您缺錢嗎？】

「我不缺錢，不過我喜歡看到別人缺錢。」

「……」喂！這傢伙到底是有多惡劣啊喂！！！

「妳現在有兩個選擇。」艾米亞一邊說著，一邊再次讓身體靠躺下來，直接把長腿架了起來，其褲子的白色布料看起來與外袍是同樣質地，「一，工錢給我；二，捶腿。」

「……」捶斷腿好嗎？！

話雖如此，莫忘只猶豫了不到一秒，就非常狗腿的跪下了身，開始捶打起某人的大腿。

一個月的工錢雖然不多，不過她想為傑斯大叔一家買點東西，即便他們可能並不需要她的回報的，但是她也想力所能及的表達心中的謝意。

這種崇高的事情，怎麼可以被這個混蛋打斷！

之後，莫忘原以為對方還會繼續刁難她，可出乎她意料的是，艾米亞只是一邊飲用下午茶、一邊看書，並沒有任何類似刁難的跡象，這讓她暗自鬆了口氣。可惜的是，艾米亞手中翻看的書，她完全看不懂，也不知道是否與回去的途徑有關。

不可否認，來到莊園已經三天卻依舊一無所獲的莫忘有些焦急了。

就這樣，「捶腿——時不時幫少爺加茶——繼續捶腿」成為莫忘這一下午的工作。

兩個小時後，某人終於大方慈悲的放過了她，長腿一收，以一膝弓起的姿勢坐了起來，說道：「好了。」

莫忘縮回手，感覺它簡直不像是自己的了，這輩子連爸媽都沒享受過她這樣的服侍……嘖，這傢伙果然好拉仇恨！

「力度太差。」某人給出評價。

「……」力度太差還讓她捶這麼久？！

「看來以後要讓妳多練習。」

一邊說著這樣過分的話，艾米亞一邊再次在散發著淡淡香氣的潔白印花紙張上寫下了什麼字，而後隨手將它遞到了莫忘的面前。

雖然心中不滿，莫忘還是很恭敬的用雙手將其接了過來。

「給妳的。」

「……」

莫忘看著紙上的文字，不亞於看天書，她淚流滿面的比劃著——

【我不認識……】

「哦，我忘記了，妳不識字。」

「……」呵呵，真的是忘記了嗎？

「怪不得字那麼醜。」

「……」那還真是對不起啊！

「算了，妳拿去給哈麗看吧。」艾米亞朝她擺了擺手，涼涼的說道：「因為捶腿太差，扣妳一個月工錢。」

「！！！」晴天霹靂！

——不是說捶腿就可以不扣工錢嗎？這人怎麼可以這樣！QAQ

「哦～」艾米亞托著下巴，饒有興趣的注視著徹底石化的女孩，「妳是對我的決定有什麼不滿嗎？」

「……」

形勢比人強！現在還不能因為揍人被趕出去！她忍！

莫忘咬著牙，硬生生的搖了搖頭，而後將紙塞到圍裙的口袋中，行了個禮後，收拾好桌上的杯碟退出了房間。

★◎★◎★◎★◎

走到廚房時，莫忘發現女僕長大人居然等在那裡。

一見到她，對方就微皺起了眉頭問：「怎麼去了那麼久？」

莫忘放下手中的托盤，淚流滿面的從口袋中掏出紙，雙手捧著遞到了對方的面前。

「二少爺的傳言？」

莫忘點頭。

哈麗與其他外聘的女僕不同，她家從很久以前就世世代代服侍這個家族，所以很受重用與信任。小時候少爺、小姐們讀書時，他們這些隨身服侍的人也會跟著旁聽，識字這種事當然難不倒她。

哈麗接過那張紙完整的看完後，臉色雖沒有變，語氣卻有了些許起伏：「妳替二少爺捶了一下午腿？」

莫忘點頭。

然後她想了想，虛軟的晃蕩了一下雙手、做了個「痛苦」的表情，表示自己真的不堪承受重任，以後還是換別人吧……這樣她才好找機會探索這棟屋子裡有沒有隱藏什麼可以回家的秘密。

哈麗淡定的說：「新手的確會覺得辛苦，以後多練習一下就好了。」

「……」該說他們不愧是主僕嗎？

「這樣吧，以後每天臨睡前，到我房裡來練習捶腿。」

「……」可以說「不要」嗎？！

莫忘知道她也只能想想而已，從周圍其他女僕羨慕的目光就可以看出，能接受女僕長的一對一教導，實在是件很榮幸的事情，尤其這件事還是為了更好的服侍主人做準備，這就意味著以後能有更多的機會接近主人。

這麼想未必是期盼什麼「麻雀變鳳凰」，但如果能因此謀得個更好的職位，或者得到一些賞賜，誰也不會煩錢多不是？

畢竟新進女僕所做的大多都是些洗衣、洗碗、打掃之類的雜事，等得到認可或者熬出資歷後，就可以做更好的客廳女僕或者貼身女僕之類的工作，工錢也會更多。而為少爺端茶則是女僕長給她們的一些小鍛鍊，機會很少卻也算是能在主人面前刷存在感，所以除了莫忘之外的人都很珍惜這種機會。

「二少爺給的賞錢，這個月會一起給妳。」

「……」哎？

莫忘驚了。

也許是她驚訝的表情太過明顯，所以即使沒有比手勢，女僕長也瞬間明白了她的意思。

「妳不知道？」

莫忘點頭。

「也是，妳不識字。」

「……」真是對不起啊！她這麼沒文化！

「二少爺說妳雖然技術差，但一下午都沒偷懶，所以這個月發妳雙倍工錢。」

「……」他居然會這麼好心，開玩笑的吧？

彷彿看出了她的想法，女僕長大人板起臉，很是嚴肅的告誡這位新進的小女僕：「二少爺雖然喜歡開玩笑，但對待下人是非常寬容的，有這樣一位主人是我們的榮幸。」

說到這裡，她顯然不只在對莫忘說了，「不管從他那裡得到的是什麼，我們都應該對其心懷尊敬與感激，明白嗎？」

「是。」女孩們紛紛放下手頭的工作，提著裙子行禮。

莫忘也老老實實的低下了頭提裙子，以示自己的認罪態度很誠懇。

「好了，妳們繼續工作。」

「是。」

而幾乎是威嚴的女僕長大人一離開，莫忘便被一群小夥伴們包圍了。

「喂喂，凡賽爾，少爺英俊嗎？」

「是啊，真的像海蒂說的那樣帥氣嗎？」

「當然啊！妳們那天不也看到了嗎？」

「可是那天是隔著花看到的，不像妳們那樣可以近距離接觸，好羨慕～～～」

「少爺的脾氣怎麼樣？溫和嗎？」

「居然加了工錢，好羨慕啊！下次端茶能輪到我嗎？」

莫忘：「……」

她終於明白啥叫「兩個女人等於一千隻鴨子」了，救命！QAQ

總之，都是艾斯特弟弟的錯！

★◎★◎★◎★◎

也許是悲極生樂的緣故，第二天，莫忘非常開心的被派去打掃房間。別看這工作聽起來累，但這樣的家族幾乎每天都有人在打掃，壓根不可能出現「非常髒」的情況，她的工作也不過是撢灰之類，正好以此為名探索一下莊園。

下了這個決定後，莫忘提著打掃用的工具開始四處溜達，裝模作樣的整理打掃了一些房間後，她壓制住心中的雀躍，打開了書房的大門。

聽女僕長大人說，這個房間裡存放著克羅斯戴爾家族世世代代收藏的典籍，在整座莊園中，它算得上是數一數二的大房間了。現在看來，這話並不算誇張，光看書架，都不知要蔓延到什麼地方去了。

莫忘覺得有些頭疼，她又不識字，該如何尋找目標呢？

等等，她不識字，但認得圖啊！

來的時候既然需要魔法陣，那回去想必也是如此。看尼茲的書，上面都有繪圖插頁，這裡也應該會有吧？

而且，哪怕再難，不做就永遠沒有希望。

莫忘就這樣一邊為自己打氣，一邊快速的檢查房間。確認沒人後，她走到附近的某個書架旁，決心將其作為原點。放下打掃的工具，又隨手撢了幾下灰後，她蹲下身，從最下方的左邊抽出了一本書，快速的翻動了起來。

因為加持了敏捷的緣故，她手指的速度很快，而翻找其中是否有圖也不需要費太多神。

但即便如此，這裡的書籍真的是太多了，當莫忘翻看完這個書架後，時間已經不足以再讓她留下了。

她遺憾的嘆了口氣，隨手從第二個書架上抽出一本厚厚的書，翻看了幾眼後，瞬間瞪大了眼眸——這上面好多圖！運氣居然這麼好？

「終於找到目標了嗎？」

「……！」

因為驚嚇，她手中的書瞬間落下。

——誰？

一隻突如其來的手穩穩接住了從她手中落下的書。

莫忘驚愕的發現，自己似乎面臨了最糟糕的情況……不，早在聽到聲音時就該意識到這一點的！

蒙在眼睛上的繫帶，並不妨礙青年如捕獲獵物的鷹隼般銳利的注視著女孩，他的視線讓她如坐針氈，又彷彿整個人被丟到了雪地裡，凍得厲害。

她下意識嚥了口唾沫，張了張口，似乎想要辯解些什麼，卻在千鈞一髮之際想起，自己現在是不能說話的。

「奇怪我什麼時候來的嗎？」艾米亞一手握起莫忘的手腕，湊近她，微笑著說：「妳要不要猜猜看？」

「……」

「哦，對了，妳不會說話，那眨眼睛如何？眨一下代表一分鐘。」

「……」

「嘖，真無趣。」他微微握緊手心，滿意的看到女孩的臉色因此驟然一白，「還是讓我來告訴妳答案吧——從最開始起我就在這裡了。」

「……」

這個人雖然最初就發現了自己，卻耐著性子一直觀察著她，直到「露出馬腳」才出現嗎？好可怕……

「本來想再找妳捶捶腿的，沒想到居然看到妳滿屋子的找人，呵呵，是在為作案做準備嗎？還真夠謹慎的。」再次捏緊。

「！！！」

莫忘的臉色更加蒼白，她清楚的聽到了手腕骨頭的哀鳴聲。這傢伙……不會把她的手骨捏碎了吧？就算加持了體質屬性，也不耐痛啊！

艾米亞隨手一揮，將她直接丟到了一旁的地上，依舊保持著微笑的臉孔低下頭，手指靈活的翻開了書頁，「讓我來看看，妳想找的究竟是——」他的話音戛然而止。

不明所以的莫忘在這個剎那，敏銳的覺察到氣氛不一樣了。

如果說之前她感覺到對方是真的想要殺了自己，那麼此刻，這種冷酷的凝滯感似乎在漸漸消失。

莫忘抬起頭，有些驚訝的注視著青年快速翻書的動作——他到底是發現了什麼？

「《看圖識字百科詞典》……妳是想學習文字？」

「……」

——咦？原來那本書是那種東西嗎？怪不得那麼多圖……但似乎因此救了自己一命？下次要更謹慎點才可以！

暗自鬆了口氣的莫忘知道，此時此刻她不能表現出明顯的「放鬆」神色，因為這樣反而會讓對方懷疑，究竟該……

——對了，委屈！

她一手撫著被握到疼得要死的手腕，微微側過臉，露出一副不願意交談的表情。

艾米亞的神色一窒，他沒想到一個女僕敢跟自己甩臉色，不過再一想她還是剛進來的新人，過去似乎也沒有從事這份工作的經驗，有這樣的表現也是很正常的。更何況……他注視著她看起來非常可憐的手腕，青紫色瘀痕與白皙肌膚的對比明顯到了某種刺眼的地步。

皮膚白嫩，工作的手法不太熟練，明顯沒怎麼做過粗活，卻又不像貴族出身，否則品味不會那麼差，也不會不識字，大概是某個原本物質條件還算不錯的家庭疼寵出來的孩子，家道中途敗落？而後出來工作賺錢？所以才對金錢有著那樣的渴求心？

艾米亞覺得自己的判斷十分貼切，他單膝蹲下身，晃了晃手中的書，問道：「就那麼想學習文字嗎？」因為昨天被他嘲笑的緣故？

而後他看到，女孩扭過頭，遲疑的看了自己一眼後，輕輕的點了點頭。

「得到準確答案」的艾米亞彈了彈手中的書封，說道：「妳看了也沒用……」

艾米亞尚未說完，牆上的掛鐘突然響了起來，莫忘抬頭看了一眼時間，臉色瞬間變了，快超出回去的時間了，再這樣下去會被女僕長大人罵的！

她立刻從地上爬起身，也來不及拍打身上的塵土，敷衍的行了個禮後，就拿起打掃工具匆匆忙忙的跑出了房間。

被單獨一人丟在書房中的艾米亞：「……」

他還真是第一次見到這樣膽大的女僕。

不過，是被他的話惹怒了嗎？他本來想說的是「妳看了也沒用，因為可能連拼音都看不懂。如果真的想學習的話……」，如果真的想學習的話？

他站起身，遲疑的撫摸著厚實的書脊，不知為何又再次想起了女孩滿是青紫的手腕和最後跑開的模樣，好像即使這樣都沒哭呢——不是沒流出眼淚，而是連眼睛都沒濕潤，不僅膽子大，脾氣還挺倔強的。

不過，比起因為一點小事就流淚的女孩，他倒是更欣賞這一種。

——也許，該給她點補償？

——再加點工錢？或者……

★◎★◎★◎★◎

莫忘回到侍從休息室時，女僕長大人果然已經在等著了。

她縮了縮脖子，準備被罵，卻意外聽到了這樣一聲：「手怎麼了？」

莫忘愣了愣，隨即有些不好意思的伸出了左手，哈麗抓過後，一把捋起袖子，頓時周圍的女孩們都發出了一聲輕嘶。

「……」饒是見多識廣的女僕長，也怔愣了片刻，但她很快就意識到這傷口的來源。她心中暗嘆了一聲，本以為這女孩能做得更久，但現在恐怕是不能留了，「妳……」

就在此時，另一位匆匆走來的女僕進入屋中說道：「哈麗女士，少爺有急事找您。」

「……我知道了。」哈麗點了點頭，而後對依舊保持垂頭認罪狀的莫忘說：「妳的手骨頭沒問題，拿藥盒中那瓶黃色的藥膏用。」

莫忘點頭：【是。】

其實莫忘也覺察到手沒有之前那麼痛了，應該是「魔王的專屬魔法」起了作用吧？癒合能力還真是強……

哈麗囑咐完後，卻沒立即走出房間，只嚴肅的環視了下四周，語帶警告的說：「想做個好女僕，就要分清楚該知道的與不該知道的，明白嗎？」

「是！」

莫忘微舒了口氣，這樣的話，待會應該不會有人圍著她問「十萬個為什麼」了吧？

事實的確如此，而且好像還「因禍得福」，有些之前看她不是非常順眼的女孩看到她慘成這個樣子，也都圍了上來，拿藥膏、遞藥盒，還有人端了杯水給她。

莫忘一一用眼神表示感謝，誰讓她現在無法說話呢？

但緊接著，她就發現這是件坑爹事，因為哪怕痛得要死都不能叫出聲來啊！

女僕長大人真的不是在坑她嗎？那藥膏聞起來清香撲鼻，可才一塗到傷處，簡直像是把手塞進了炭爐中啊！滾燙燙……不，火辣辣的！才一會兒工夫，莫忘覺得幾乎可以聞到自己的肉燒焦的味道。

她一口就咬住了另一隻手，淚水無意識的分泌了出來，再配上她滿身的塵土和青紫黃三色交雜的手腕，看起來簡直可憐到了極點。

其他女孩連連倒抽了一口氣，雖然不是第一次做女僕這份工作，但也不代表能習慣看到這樣的事情。而且，能把主人惹怒到這個分上，這個女孩怕是留不下來了吧？

想到此，眾人的眼中都充滿了同情。

莫忘：「……」這些人的目光怎麼突然變得那麼充滿母性光芒？好可怕！

又過了一會兒，女僕長大人走了回來。

出乎眾人意料的是，她並沒有宣布「讓凡賽爾走人」的命令，只是示意莫忘今天可以休息一天，明天再繼續工作。而私下裡，這位嚴肅的女士還對莫忘說，這個月的工錢她可以領三倍。

莫忘：「……」這算是遲來的道歉嗎？不不不，這應該意味著她成功的騙過了某人吧？咳，這突如其來的內疚是怎麼回事？

★◎★◎★◎★◎

次日，莫忘分配到的工作是……去書房撣灰。

莫忘聽到後，很是驚了一下，她萬分不理解艾斯特的弟弟是個什麼心理，莫非是昨天沒揍夠她，今天接著上……喂喂，那傢伙心理不會這麼陰暗吧？

不過，如果對方真的動手，她到底要不要反抗呢？就那麼忍著怒氣被揍，她擔心自己做不到；但如果真的反毆了回去，萬一暴露了什麼，這幾天她不就白臥底了嗎？

懷著這樣糾結的心情，莫忘單手提著小撣子，有些猶豫的走進了書房中。

這一次，裡面依舊沒有人，起碼看起來是這樣。但有著上次的經驗教訓，她怎麼也不敢亂翻東西了。

莫忘突然頓悟了，難道那傢伙是故意的？明知道她想在書房裡找東西，還把她放進來，就是為了讓她進退兩難？

也、太、壞、了、吧！

不知不覺間，她對於某人的觀感已經衝破了零點大關，直逼負一千點！

就這麼一邊糾結著、一邊撢灰，不知過了多久，莫忘突然聽到身後傳來了一聲輕咳，她的背脊僵了一下，有心想無視，可對方再怎麼說現在也是她的頂頭上司。她唯有無奈的撇了撇唇角，轉過身，用那隻完好的手提起裙子弓膝行禮。

「嗯……又來打掃？」

莫忘點頭。

——裝什麼呢？！這事情就是你吩咐的吧？！

艾米亞：「……」這個小女僕是在鄙視他嗎？還真是所有情緒都浮現在眼中……當然，她猜的也沒錯，但他怎麼就是覺得那麼尷尬呢？

他的目光再次落到女孩的手上，發現傷處正被長長的袖子遮蓋住，他挑了挑眉，下意識伸出了手，「妳的……」

說時遲那時快，女孩突然敏銳的一個彎腰，從他的手肘中鑽出逃到了一邊，單手舉著小撢子，一副防禦的模樣。

莫忘：「……」

——糟、糟糕，精神太緊張，防衛過當了！

「……」艾米亞看著女孩蒼白的小臉和緊張的神色，其漆黑的眼珠子一眨不眨的盯著自己，提著「武器」的手臂微微顫抖，好像隨時做好了丟盔棄甲、撒腿就跑的準備。如果讓這樣的「戰士」上戰場，國家八成會完蛋吧？

想到此，他輕嗤了聲，「妳是兔子嗎？」

「……」哈？！

「一緊張就抬腿蹬人。」

「……」她根本沒踹他好嗎？雖然很想踹！

「把撢子放下，否則我就扣掉妳三個月的工錢。」

莫忘快吐血了，「……」混、混蛋！

但不得不說，這樣的威脅是十分有用的，她心中淚流滿面的將撢子擺到書架的空隙中，動作間繼續保持著盯人的動作。

艾米亞有些哭笑不得，他要真想做什麼，她拿著撢子又有什麼用？

他接著說：「把衣服捋起來。」

莫忘瞬間瞪大眼眸，「……」禽獸！這傢伙想做什麼？

「想什麼呢！」艾米亞的頭上掛上黑線，「年紀不大，懂得倒不少。」

莫忘：「……」

——姐國中時就有健康教育課，你有嗎？有嗎？一個相信接吻就能生孩子的傻瓜，哼！

「我是說，妳把袖子捋起來。」

莫忘愣了一下，而後慢吞吞拉起左手的袖子，為了防止藥膏被擦掉，上面已經裹上一層繃帶，而那灼熱的燃燒感，雖然比起最初要好了些，卻依舊讓人非常難受。

「用的是這個藥膏啊。」艾米亞笑了，「有沒有自己正被烤著的感覺？」

莫忘：「……」

——你以為都是誰的錯啊？！

艾米亞卻攤了攤手，「關於昨天的事情……不過，未經主人允許就在書房中亂翻書，難道妳不認為自己有錯？」

莫忘：「……」

——親，我是臥底啊！想看的東西注定得不到你的允許好嗎？

——但是……這樣的事情似乎是不太好……正常情況下我是絕對不會做的。

話雖如此，她還是先表現出了一絲尷尬，隨即是羞愧，最後低下了頭，一副「我知道自己錯了」的模樣。

莫忘深切的覺得，這次回去後，自己可以調整一下大學志願，報考演藝類學校——演技被逼到要逆天了好嗎！

「很好，既然妳已經認知到自己的錯誤，我就勉為其難的原諒妳吧。」

「……」呵呵，謝謝你啊！

莫忘十分慶幸現在正低著頭，否則她覺得自己下一秒肯定會被揍——表情太嘲諷太拉仇恨了！

「手伸出來。」

莫忘飛快的抬起頭看了對方一眼，她很想知道對方是不是想把她的手再捏碎一次，雖然照常理上來說應該不會，但是……能對親哥哥做出那種事情的人，怎麼看都不應該用常理推斷吧？

「……」這種警惕到了極點的眼神是怎麼回事？艾米亞扶額，他到底是給她留下了多重的心理陰影啊？

還沒等他說些什麼，就看到對面的女孩已經哆哆嗦嗦的把左手伸了出來，臉上的表情宛如「慷慨就義」般，讓人從其中覺察到深重的悲哀。

他突然覺得不欺負她都對不起這種表情。

如此想著的艾米亞單手虛握上莫忘的手腕，後者下意識的側頭閉眼，如同害怕打針的孩子，卻在下一秒，驚愕的察覺到緊貼在肌膚上的冰涼氣息。

莫忘連忙回過頭，只見手腕上不知何時出現了一只冰製的手鐲。

「……」這個是……

「不覺得舒服很多了嗎？」

「……」還真的是！手沒之前那麼燙了。

艾米亞彷彿想起了什麼，嘴角不自覺的勾起了一抹微笑，「從前哥哥……」

話語戛然而止，他的臉色如同被烏雲遮住的天空，微微陰沉了下來。

莫忘：「……」哥哥？艾斯特嗎？

「妳很感興趣？」明明剛才害怕到要死，一聽到有八卦就「奮不顧身」了嗎？真是徹徹底底詮釋了女人的天性。

艾米亞笑道：「拿兩個月的工資來交換如何？」

「……」再見！

並非是不感興趣，而是她很確定這傢伙是在耍人。

「嘖，小氣的丫頭。」

艾米亞輕嗤出聲，眼神不經意的看向女孩的手腕時再次定格。說起來，這個辦法還是哥哥教他的……那傢伙一直是個天才，卻為了原本就不該存在的所謂的魔王，徹底拋棄了尊嚴和驕傲。

為什麼要屈居他人之下呢？

哥哥不應該仰視他人，而應該被他人仰視。

如果是哥哥的話，明明可以站在所有人的頂端……

莫忘敏銳的覺察到氣氛似乎哪裡不太對勁，她縮了縮身體，默默的朝後退去。

艾米亞同樣敏銳的抬頭看她，「妳跑什麼？」

「……」呵呵，當然是怕你這傢伙殺人滅口啦！

艾米亞覺得有趣，這傢伙一會兒膽大、一會兒膽小，真不知道分界點在哪裡。

他伸出手指，輕點了一下女孩手腕上的鐲子。後者驚愕的看到手鐲上居然綻放出了一朵鮮花，冰色的花瓣、冰色的蕊，纖毫畢現，栩栩如生，看起來簡直不像是冰雕而像是真實存在的。

艾米亞卻不滿的皺了皺眉，伸出一根手指將其碾碎。
如果是哥哥，一定可以做得更好，畢竟他才算是家族的正統繼承人。
莫忘：「……」切！這傢伙有精神病吧？身上的氣場一會兒熱、一會兒冷的，她都要得重感冒了好嗎！
她正糾結著，對方突然再次伸出了手指。
這一次，手鐲沒有再開花，倒是其上蔓延出了不少花型的紋路。艾米亞輕輕一敲，某些地方的冰便發出一聲輕響，化為無數碎屑消散在了空中，一只鏤空的花型鐲赫然呈現在莫忘眼前。
「就這樣吧。」艾米亞還算滿意的點了點頭，「作為報酬，妳下個月的工錢歸我了。」
「……」喂！又沒人求你做這個！
艾米亞大手一揮，「去給我端點茶來。」
「……」
「給妳十分鐘，每超出一分鐘就扣一個月的工錢。」
他話音剛落，莫忘就提著裙子快步跑了出去，心中暗罵：變態！變態！！變態！！！
留在原地的艾米亞不自覺的打了個噴嚏。

好在莫忘現在有小夥伴了，眼看著她都這樣了還被虐，溫柔可親的海蒂妹子直接幫她把茶端到了門口，莫忘從她手中接過時，感動得眼淚汪汪的。

「乖啦、乖啦。」海蒂拍了拍莫忘的腦袋，輕聲說：「凡賽爾，我們身為女僕，無論什麼時候都不應該和主人作對，妳明白我的話嗎？」

莫忘點了點頭，她真的沒有跟對方作對，可惜……解釋不清啊！

等莫忘努力用單手維持著托盤平衡走進書房時，發現那傢伙再次窩到了某堆皮毛中斜靠著看書，在他的身側，非常違和的還有著一套顏色與款式看起來都有些古板的桌椅，上面的東西擺放得整整齊齊，怎麼看都不像是這傢伙的風格。

等等，如果不是這傢伙……莫非是艾斯特坐過的？

這麼一想的話，違和感瞬間消失了。

她一邊胡亂想著，一邊跪下身，將手中的托盤放到了小矮几上。

「不錯，沒遲到。」

「……」

「作為獎勵，這個給妳吧。」

莫忘手忙腳亂的想用那隻完好的手接過青年甩來的東西，卻失敗了，那東西結結實實砸到了她的腦袋上，然後滾落到裙襬上。

非常無語的她此時才發現，這是一塊菱形的黑水晶。

莫忘好奇的將黑水晶拿起，翻來覆去的看了幾眼，漂亮是挺漂亮，不過他給自己這個做什麼？

而後她就聽到艾米亞說：「把它砸到地上。」

「……」

「怎麼了？」

莫忘默默做手勢：【我要是砸碎了，你會扣我工錢嗎？】

艾米亞臉帶「妳還真敢說」的表情笑了一聲：「妳要是能把它砸碎，我就把剛才那一個月的工錢還給妳。」

【真的？】

「真的。」

得到鼓勵的莫忘精神抖擻，抬起手就把水晶往地上一砸，只聽到「啪嗒」一聲！

它碎了。

莫忘握拳，ＧＪ！

艾米亞：「……」碎、碎了？這傢伙的力氣到底有多大？

看著對方傻眼的表情，莫忘打手勢問：【我是不是做錯了什麼？】

艾米亞無語，「……妳覺得呢？」

【……我不知道啊，少爺您讓我砸的。】

「……」怪他囉？

【那是很貴重的東西嗎？】

艾米亞扶額，「不，並不是很貴重。」

莫忘鬆了口氣。

「妳免費為我工作三年就大概可以買到。」

「……」喂！她就知道自己要被坑！QAQ

「那是記憶水晶，裡面我已儲存好了魔力，只要稍微用力一敲，就可以將其激發。」

【然後？】

「裡面提前儲存好的影像就會放出。」

「……」莫忘驚訝了。魔界版的放映機？好先進！

「可惜，碎了。」艾米亞涼颼颼的說。

「……」

【對不起……】話說壓根不是她的錯吧？她為啥要道歉？

「算了。」艾米亞擺了擺手，不知從哪裡又拿出一個同樣的水晶，「如果這次再碎，妳就要無償為我工作五年。」

莫忘：「……」喂喂，就這麼漫天漲價真的沒問題嗎？

話雖如此，她還是很好奇的拿過了水晶，小心翼翼往地上一磕。嗯，沒反應。再磕，再磕，再磕，啊！有反應了！

一位年約三十歲女性的影像出現在她的眼前，女性的手中拿著一顆蘋果，一邊說著「蘋果」，一邊在身後的板子上寫出了一小串魔文。

——這個是……

「吵死了，到那邊去學。」

艾米亞一邊說著，一邊隨手將一些紙筆丟到莫忘的懷裡。

莫忘不得不站起身，走到了某人指向的桌子，不得不說，她對艾斯特用過的家具其實還是很感興趣的。

「誰讓妳坐那裡了？」

「……」

——不是你嗎？

「我是讓妳坐桌子底下。」

「……」

——混蛋！

實在氣不過的莫忘對某人惡狠狠的做了一個鬼臉，而後一溜煙的鑽到了桌子底下，不學白不學！

被用表情鄙視了的青年：「……」

她膽子還真的挺肥，還是說，他這個主人的威懾力不夠？艾米亞思考中……

第三章

魔王陛下是文豪？

接下來的日子裡，為了回家而努力的莫忘認認真真學習起了魔界的文字，比學英語還有勁頭！當然，這是毫無對比性的。

學不好英文未必會死人，學不好這個……還真的可能有生命危險。

不知不覺，她來到這個世界的時間已經過去一個月了。

關於艾斯特他們，卻依舊沒有消息。

——會不會是把她忘記了呢？

每當有這樣的想法時，莫忘總是用力的搖搖頭，她知道自己不該懷疑他們，就像她在努力一樣，他們也一定在努力做些什麼。

雖然不能把全部的希望都放在他人的身上，但她也很願意耐心去等待。

而事實上，她的猜測大部分地方都沒有出錯，而唯一出問題的卻是……

★◎★◎★◎★◎

「終於積攢夠魔力了！」

少年握著滿手的棒棒糖，坐在路邊的長椅上連連喘息。

片刻後，提著空袋子的青年走了過來，順帶將袋子中的最後一根棒棒糖遞了過來，「恭喜。要吃一根來補充體力嗎？」

「……」石詠哲默默舉起手中的糖，「我看到它們就想吐了好嗎？」

「辛苦了。」

「嘖，那個笨蛋，等我抓住她，非要好好收拾她一頓不可！」

青年雖然面無表情，眼中卻閃過一絲笑意，意思很明顯──他完全不認為眼前的少年能下得了手。

「走，回去吧。」

石詠哲一邊說著、一邊站起身，對青年揚了揚下巴。雖然他和這個名叫「艾斯特」的傢伙也算認識了挺久，但一直都算不上熟悉，即便如此，為了將失蹤的某人從所謂的「魔界」帶回來，他們卻不得不合作。

而在沒有魔王的情況下想要強行打開通往魔界的通道，必須要有一個具有「空間」能力的人。

四位守護者和他這邊的三隻動物統統不合格，所以，所有人將希望寄託在了他可以召喚的第四隻聖獸上。

但問題在於，石詠哲才剛召喚完聖獸，魔力完全不夠。

於是，足足努力了三天，眼看著自己的名聲在全市孩童的心中越來越臭，甚至出現了一個「蒙面無恥糖果大盜」的「美稱」，他也終於完成了辛苦的積累。

沒錯，三天！

與此同時，莫忘卻已經在魔界待了整整一個月。

一比十。

所有人都不知道，魔界與這個世界的時間流速是不同的。

莫忘與石詠哲不知道很正常。而守護者與聖獸們因為也是第一次來到這個人類世界，所以沒有辦法將兩者進行對比。

陰差陽錯，才造就了這樣的「悲劇」。

第四天，艾斯特體內的詛咒被瑪爾德徹底消除。

同一天晚上，石詠哲成功召喚出了擁有空間能力的聖獸——一隻名叫「尤雅」的小鳥。

這傢伙似乎很有名，因為布拉德等三人……不對，三獸居然都認識牠，而且在發現是這傢伙的那一瞬間，紛紛退避三舍。

布拉德驚呼：「天啊！為什麼是這傢伙！」

薩卡捂臉：「薩卡我什麼都沒看到……什麼都沒看到！」

尼茲嘖了聲：「嘖，真是最糟糕的情況。」

因為反覆練習和嘗試而精疲力盡的石詠哲很是無語，他汗流浹背坐在地上，有些不明所以的問：「你們怎麼了？這傢伙不就是隻鳥嗎？」

「就是隻鳥？」

渾身絨黃黃、毛茸茸的鳥，咀嚼似的重複了石詠哲的話語，恍然間，後者有種錯覺——這隻鳥居然有種「魔鬼」般的氣場。

還沒等他分辨出個所以然，對方的第二句話已隨之而來——

「小子，你想怎麼死？」

「啊？」

石詠哲的話音尚未落下，那隻鳥突然像黃色的火箭般對他撞去，口中還高喊了聲：「撞殺！！！」

「咦？啊！」

「啊！」

「啊啊！」

「啊啊啊！！！」

一時之間，屋中慘叫連連，三隻不太厚道的小夥伴手牽手一起跑到臥室鑽進了床底下。

隔壁的幾人聽到了很是連綿起伏的叫聲，紛紛好奇了。

格瑞斯問：「勇者大人在做什麼？」

賽恩提出了一個假設：「為了召喚吊嗓子？」

「唔，有可能。」

瑪爾德微微笑著說道：「雖然聽不太明白，但似乎很厲害的樣子啊。」

可憐的石詠哲，就這麼被自己的「小夥伴」撞了個頭暈眼花。

事後，他也終於知道那些傢伙為啥要躲著這傢伙，因為牠是名副其實的「戰鬥狂」，每天最愛做的事情就是去找其他聖獸，然後打架。

對方說話，牠會說人家在嘲諷自己，撞殺之。

對方不說話，牠會說人家在無視自己，撞殺之。

對方反抗，牠會說人家在挑釁自己，撞殺之。

對方不反抗，牠會說人家在蔑視自己，撞殺之。

總而言之，聖獸之森中的動物們遇到這傢伙幾乎就只有兩種結局：

一、主動被揍。

二、被動被揍。

不過，雖然人……不，鳥是暴力了點，但牠的的確確是空間屬性的，這也是這傢伙百戰百勝的緣故。想像一下，好不容易快揍到這傢伙，牠卻突然「咻！」的一下空間轉移，又從人肚臍或菊花邊冒了出來，上去就一個「千年殺」……不對，撞殺！

一夜間結結實實陪這位大爺打了十幾架之後，苦命的石詠哲終於得到了「小夥伴」的肯定：「不錯，很抗揍。」

為了維持這份難得的「友情」，尤雅大爺願意為他提供幫助。

但是，雖然具有破開空間引領方向的能力，但世界與世界間的通道並不是那麼容易打開的，必須做好充足的準備，構建好一扇可供來回的「門」才可以。

所謂的「門」，只是稱呼而已，事實上等真正做好時，它非常像一個巨大無比的盤子，足以讓所有人站進去。

而這個準備工作，又花了三天。

第七天的夜晚，早已心急如焚的眾人終於踏上了前往魔界的路程。

對於某些人來說，這只是區區七日的事情；而對於莫忘來說，則是整整七十天。

★◎★◎★◎★◎

在石詠哲終於可以召喚聖獸的第四日，也就是莫忘到達魔界的第四十天。

經過二十天左右的學習，現在的莫忘已經能夠拼寫出大部分簡單的詞語了，她從未想過自己居然這麼有語言天分，因為她對於英語實在很苦手。

原本是不抱什麼希望的，結果她都懷疑自己是不是開外掛，簡直像是從前就接觸過魔界文字，之前只是暫時忘記了似的——也許她上輩子真的是魔界的人？！

而更讓她詫異的是，魔界的語法與中文居然差別不大，這不得不說是個意外之喜。

又或者是，壓力大所以進步就大？

「進步很快。」

很顯然，她的學習速度讓艾米亞都為之驚訝。

「妳以前真的沒接觸過文字？」

莫忘搖了搖頭，她很確定自己的記憶沒有斷層，而其中也不存在任何學習過類似文字的資訊。最後，她只能在紙上寫——

【可能我上輩子是個大文豪！】除此之外沒有其他解釋了。

艾米亞差點一口茶噴出來，他輕咳了兩聲後，很是無語的說：「妳倒是很自信。」

【嘿嘿。】

經過這段時間的接觸，莫忘與艾米亞的相處表面上已經變得很自然。她覺得眼前的傢伙並沒有自己想像中的那麼可怕，但又的的確確存在著陰鷙的一面，有幾次她曾無意間看到他露出了某種陰沉的表情，很是讓人心驚。

但是同時，根據他有時無意間透露出的話語，她又覺得他對艾斯特並不是沒有感情的，或者說正好相反，他們之間的感情可以說非常好，那他為什麼又會對自己的哥哥做出那種事情呢？

完全不明白！

又或者，他壓根沒想讓她明白。

莫忘覺得對方只是把自己當成了一個有思維的精緻的小玩具，有空就逗弄兩下。說實話，她挺討厭這種感覺，但是她也很清楚，現在這情況雖然危險，卻也是個機會，比如她趁機學會了文字，比如她被允許翻閱書房中的部分書籍。

在徹底喪失「被玩的資格」前，她必須儘快尋找到回去的方法，否則……後果恐怕會很嚴重。她直覺的意識到了這一點。

突然……

「！！！」

莫忘突然覺得腦袋一痛，她雙手抱住腦袋——二十來天的時間，已足以讓她的左手徹底癒合。她疑惑的看向對方。

「發什麼呆呢？」

「……」

艾米亞朝她揚了揚下巴，「把這一頁抄二十遍。」

「……」

【是。】她淚流滿面，混蛋！

「順便再寫篇作文。」

【哈？？？】什、什麼情況？

「妳不說自己上輩子是大文豪嗎？」艾米亞單手撐著下巴，懶洋洋的打了個哈欠，似乎很無聊的說：「這應該難不倒妳吧？」

【……其實我覺得我上輩子可能也不認識字。】

「嗯，主題是《我的主人》，明天我就要見到它。」

「……」

莫忘吐血，這傢伙是去人類世界當過教師的吧喂？！對作文題目如此熟門熟路，簡直不科學！

「慢慢努力。」

說著，艾米亞站起身，隨手揉了揉莫忘的腦袋，抬起的瞬間，手頓住，再次按下去，狠狠揉了揉——軟乎乎的……

對方走後，莫忘有些不太爽的拍了拍腦袋。這是把她當狗的節奏嗎？真討厭。

不過……這種小學水準的命題作文啊……還真是很久沒寫過了。

【我的主人是個渣。】

——啊哈哈，這個肯定不成。

【我的主人是變態。】

——呵呵……呵呵……雖然是實話但八成會被毆打。

【我的……】

話說，她為啥非得要寫這種句子啊？她是自由人好嗎？叫別人「主人」什麼的，肉麻兮兮的。

就在此時，書房的門開了。

「凡賽爾。」

女僕長？莫忘連忙跳起來。

「在忙？」

【不，我一點都不忙。】

「那跟我來一下。」

【好的！】

她緊跟在女僕長哈麗的後面，有些好奇的比劃著手勢：【請問，是要做什麼工作呢？】

「整理少爺的東西。」

順帶一提，現在的莫忘已經被提拔成了二少爺的貼身女僕，住進了離艾米亞很近的僕人房，工錢也漲了不少。

但同時……她和其他人似乎也疏遠了些，雖然大部分人都還是懷有善意的，但仍有少數人會用鄙視的眼神看她。

身為「啞巴」的莫忘真的很難向這些人解釋——她真的沒有使用任何不好的手段，而她也不可能因為這些謠言就放過回家的機會。

【少爺的東西？】

「不是二少爺的，而是大少爺的。」

「……」大少爺，難道說……

莫忘的心臟快速跳動了幾下，臉上的表情也多多少少不自然起來。

好在對方只以為她太過驚訝，細心的解釋說：「二少爺還有一個哥哥，也就是大少爺，他可是克羅斯戴爾家族的正統繼承人。」

莫忘點了點頭，突然意識到自己來到這座莊園這麼久，關於「主人」，她似乎只見到了艾米亞。

【其他人呢？】

「老爺和夫人常年在外進行蜜月旅行，而他們也只有兩個孩子。」

「……」還真是一對超級不負責任的夫妻呢。

「大少爺比二少爺要大四歲，可以說，二少爺從小就是被大少爺帶大的。」

【……他們之間的感情很好？】

「那當然，我從沒看過像他們感情那麼好的兄弟。」哈麗不知想到了什麼，向來嚴肅的臉上居然掛起了輕微的笑容，使得她整個人看起來溫柔了不少，「二少爺簡直把大少爺當成了第二個父親。」

莫忘默默頓悟：所以艾斯特才那麼會照顧人嗎？

她稍微腦補了一下那傢伙又當爹又當媽的情景，心中不自覺樂了。不得不說，還真是很貼切，不過現在想來——

【那麼大少爺小時候是您照顧的嗎？】

「沒錯。」

「……」哈，果然，真相只有一個——艾斯特的面癱八成是被女僕長大人傳染的！

「妳在想什麼？」

「……」肯定不能說出來啊！

莫忘尷尬的笑了笑，狂打手勢：【我只是突然覺得很羨慕。】

「是啊，誰不羨慕呢……」

提到此，哈麗的表情突然惆悵了起來。

莫忘用自己十幾年的電視劇經驗保證，有內幕！她想了想，比劃說：【那我怎麼都沒看到過大少爺呢？】

「……他已經離家快三年了。」

「！！！」喂喂，那傢伙居然會玩離家出走？不科學啊！怎麼看都是艾米亞那傢伙的性格更符合這個設定吧？艾斯特的話，八成是把人抓回家再關小黑屋的類型。

「他們似乎因為一些事情有了分歧，某一天大少爺出門後，就再也沒有回來。」

「……」這種犯罪現場的感覺……如果不是她確定艾斯特沒事，幾乎以為……

【對不起，我不該問的。】

哈麗搖了搖頭，「這件事並不是什麼秘密。」

——連夫人都說大少爺離家還算個好消息，至少他能好好照顧自己，如果是二少爺……當然，這話就不方便對眼前的新兵說了。

她輕嘆了口氣，「現在我們去打掃的，就是大少爺的房間。那房間從他走後就一直維持原狀，沒有發生過任何改變，所以隔段時間就需要打掃。」

莫忘點頭。

「原本做這工作的女僕，上週回家結婚了。」

哈麗一邊說著，一邊心想：再加上經過這段時間的考察，眼前這女孩還算可靠，雖然做事仍有些毛躁，但品性不錯，何況……二少爺似乎很看重她，稍微讓她知道些家裡的事情應該沒關係。

莫忘再次點頭。能去看艾斯特住過的房間……總覺得稍微有點期待啊！

★◎★◎★◎★◎

而期待的結果沒有讓莫忘失望，艾斯特的房間……咳，很特別，非常特別。

這種一半黑、一半白，一半嚴謹、一半活潑的詭異風格是怎麼回事？

床上、櫃子上、書架上、桌子上那一個一個的玩偶玩具是怎麼回事？

某人在女孩心目中的形象快速崩塌中……

彷彿明白了她心中的疑惑，女僕長哈麗輕聲解釋：「二少爺小時候一直和大少爺住在同一個房間。」

「……」所以才達成如此特別的混搭風嗎？

「工作很簡單，清理灰塵及曬洗，妳有兩天的時間來做這件事。」

【明白！】

女僕長走後，莫忘便認認真真開始了自己的打掃之旅。然而，就在她打開衣櫥，將裡面的衣服抱出來查看時，卻不小心一頭栽進了其中。

「唔！」

她下意識驚呼出聲，緊接著連忙捂住自己的嘴巴，就地躲藏在其中不敢動彈，直到頭髮再次恢復成棕色，她才長舒了口氣。與此同時，她意外的發現被自己腦袋磕碰的地上，有一塊木板居然凹了進去。

莫忘下意識伸出手指，輕輕的一戳，木板瞬間向上飛去，一個小小的櫃子便出現在她的眼前，而其中放著一本書。

——難道是？

心跳再次加速，莫忘連忙將其拿出，翻開一看，第一頁赫然寫著這樣幾個字——日記。

而字體……是艾斯特的？

——艾斯特那傢伙居然寫日記？

總覺得毫無違和感……嗯，究竟是從什麼時候開始，他在她心目中的形象已經變成了這樣呢？

——嘖嘖，隱藏在冰山外表下的保姆男喲，你放下掃帚為哪般？咳，不對！

莫忘一把合上手中的日記，好險，差一點點就下意識的翻開看了。而且，其實她是真的挺想看，但是做這種事情似乎不太好。

如果完完全全是一位陌生人的日記，那麼為了從其中找到線索，她可能會下手偷看，但若是艾斯特的話……莫忘嘆氣，看來她的道德觀也不是那麼端正，很多情況下是憑感覺在做出判斷的啊！

雖然如果詢問那傢伙「是否可以看」，八成會得到「那是我的榮幸」的答案，不過，現在還是算了吧。

她深吸了一口氣，努力壓制住內心深處的魔鬼，而後小心翼翼的將日記本放回原處，接著準備將那塊木板弄下時，身後突然傳來這樣一聲——

「妳在這裡做什麼？」

「！！！」

莫忘一個慌張，腦袋再次「咚」的一聲撞到了木板，好在有上一次的經驗，她非常快速的一把摀住了嘴，這一次她沒有再發出任何聲音，只是整個人如同一顆球般裹著衣服滾出了衣櫥。

青年：「……」

女孩：「……」QAQ＝＝

「妳是在玩什麼？」

艾米亞扶額，他聽說這傢伙在收拾自家哥哥的房間，大致也明白了哈麗的意思，但又想到這傢伙笨手笨腳，就決定來看一看，誰能想到預感成真，她居然把艾斯特哥哥的衣櫥弄得一團亂！他是應該將她掃地出門呢，還是乾脆剁了這傢伙的爪子呢？

【對不起……】TAT

看著她可憐巴巴的眼神，他覺得可以稍微大方點，給她一個解釋的機會。

「怎麼回事？」

莫忘默默打手勢：【我收拾衣櫥的時候不小心滾進去了。】

艾米亞：「……」如此愚蠢的理由，真是完全沒有聽的必要。

【然後我發了一個暗格，正準備去告訴女僕長，您就進來了。】

「暗格？」

艾米亞神色微變，親自走到衣櫥邊，一把撩起剩餘的衣物，果然看到她所描述的事物。

與此同時，莫忘終於從衣服堆中解脫出來，她站起身抱起地上的衣物，看著自己前方的青年，很有種一腳將其踹進去的想法——冷靜、冷靜！衝動是魔鬼！

艾米亞修長的手指拿起日記本，對女孩揚了揚下巴，問：「偷看沒？」

莫忘非常嚴肅的舉起手指：【魔神大人在上，絕對沒有。】

因為魔神大人是這個世界真實存在的神靈，所以以它為名發下的誓言是非常具有可信度的。當然，莫忘原本也真的沒做啥壞事，一點都不心虛，不像某些準備偷看的人。

「是因為被我發現了的緣故吧。」

「……」她又不是他！

艾米亞捏了捏手中的日記本，走了幾步後，直接靠躺在了柔軟的床上，吩咐道：「去倒些茶來。」現在他已經沒有心情思考其他事情了。

【是。】

莫忘將懷中的衣服放到一邊，轉身走了出去。雖然現在洗衣之類的工作已經不歸她做，但看哈麗的意思，這間房間裡全部的清理工作，估計都要由她一人獨立完成。

哎哎，在艾斯特幫她洗了那麼多衣服後，她終於也要「還債」了嗎？嗯，這麼一想，舒服多了。

因為某些原因，待莫忘回來時，艾米亞居然已經看完足足一半的日記本了。莫忘暗自感慨：這傢伙真是小快手！

艾米亞略不滿的看著她，「怎麼這麼久？」

【對不起。】

「有人為難妳？」

【不，完全沒有！】莫忘連連擺手。

「哦？真的？」他的表情明顯不信。

【真的！】點頭，點頭。

「呵，我開始懷疑妳之前誓言的可信度了。」

莫忘：「……」這傢伙到底講不講道理啊？！

【我真的沒有偷看！】

「嗯，妳沒有偷看。」

「……」那隨便的語氣是鬧哪樣啊？！

眼看著他似乎沒有什麼事情要吩咐，莫忘也轉過了身，開始清掃房間。

約過了一個小時，艾米亞突然喊她——

「凡賽爾。」

莫忘回轉過身。

【少爺？】

「妳對魔王怎麼看？」

「……」哈？這傢伙難道？不、不會的……但是他的話究竟是什麼意思？

「我們的國家已經有三十多年沒有出現魔王了，妳覺得魔王真的還有存在的必要嗎？」

「……」莫忘不知道該怎麼回答才好，難道說「不好意思我就是」嗎？

「害怕了？」

「……」她遲疑了一下，輕輕的點了點頭。

「因為我的話？」

她再次點頭。

「是呢，聽到這種話後，大部分人都是這樣的反應。」艾米亞嗤笑出聲，敲打了一下手中的日記本，「如果是哥哥的話，恐怕已經斥責出聲了吧。畢竟在他的心中，魔王陛下可比我、比我們這個家族要重要得多，不愧是排序第一的守護者——魔王的忠犬。」

「……」

——這種羨慕嫉妒恨的語氣是怎麼回事？

——難道說他其實很喜歡艾斯特……喂喂，不會吧？

莫忘覺得自己似乎一不小心又推開了新世界的大門，這可真不妙……有這麼喜歡人的嗎？被他喜歡還真是可憐。

她默默的為艾斯特送上了「祝福」：嗯，被弟弟兄控的歐尼醬喲，一路走好！

「妳那滑稽的表情是怎麼回事？」

【……呵呵。】

「過來。」

【……我還要打掃……】

「三，二……」

莫忘心中暗罵「獨裁者！」，淚流滿面的走了過去。

艾米亞問她：「還在因為之前的話在害怕嗎？」

【沒有……】

「也是，妳膽子向來很大。」有時候他甚至覺得，她其實和自己一樣，並沒有所謂的「信仰」存在，明明只是一介平民。他隨手將日記本丟到一旁，饒有興趣的問道：「從小時候起就有聽說過魔王陛下的傳說嗎？」

【……嗯。】她其實並不太懂這些啊。

「妳老家是在國境附近吧？我聽說在那種偏遠的地方書籍很少，而且平民只能從吟遊詩人的口中得到知識。妳聽說的魔王是怎樣的？」算起來，三十多年……她還沒出生呢。

莫忘再次淚流滿面，她能知道才怪吧？不過，這種時候也唯有發揮想像力了，反、反正這傢伙超級不喜歡魔王，敗壞形象就可以了吧？

【聽說魔王陛下有三隻眼睛。】

她對自己的眉頭比了比。

【最後一隻眼睛一旦睜開，就會射出能毀滅世界的光芒！】

艾米亞聽了果然很高興：「噗……咳！繼續……」

「……」看，這傢伙還真的喜歡這個，不過敗壞自己形象的感覺還真是糟糕。

【聽說魔王陛下有一對招風耳。】

「什麼叫招風耳？」

【就是這樣。】她默默掰開耳朵。

「真醜。」

「……」他以為這都是誰的錯啊？！

經過一番胡扯，某人終於心滿意足的躺床上睡著了。

莫忘長嘆了口氣，這種哄孩子的無奈感是怎麼回事？而且這傢伙就算仇視魔王，態度也太幼稚了吧，怎麼那麼像「你搶走了我哥哥，所以我要和你過不去過不去過不去！」？咳，錯覺吧？一定是錯覺吧？

外面日光正好，莫忘決定把衣服抱出去洗了。臨出門前，她的身形頓了頓，放下衣物之後，躡手躡腳的走到床邊，彎下腰扯起被子，將床上的人蓋住——雖然聽說傻瓜是不會感冒的，但還是做一回好事吧。

而她並沒有注意到，在自己試圖接近的那一秒，床上人的掌心驀然握緊，卻又在她扯落被子的那一刻，微微鬆開。

如果她注意到，自然也一定不會在離開前，輕輕的拍一下某人的額頭，以示「報復」。

艾米亞：「……」

——哥哥……

他緩緩伸出手，撫住額頭，心想：她居然做出了和哥哥一模一樣的動作。是巧合嗎？還是某種預示？

與此同時，走在空無一人過道中的莫忘突然怔住，手中緊抱著的衣物紛紛落地，她卻依舊沒有察覺。

因為她清楚的記得，在幫艾米亞蓋住被子時，日記本正好翻在最後一頁，她無意中掃到了上面的話語，大致內容是次日他要去神廟回應魔王陛下的召喚，但上面的日期……

艾斯特和她一起生活的時間明明只有三個月左右才對啊！為什麼那頁的日期會是將近三年前？這到底是……

莫忘的心中湧起了一種近乎於「可怕」的猜測，但如果真是那樣，就完全可以解釋為什麼到現在都沒有人來找她了。

這兩個世界，時間的流速居然是不同的？

事情到了這個地步，她終於發現了真相。

不過也多虧了她的遲鈍，如果在房間中就表現出了異常，恐怕危險也會隨之而來。

第四章

魔王陛下是暴力少女！

之後，又過了十天左右的時間。

一眨眼工夫，莫忘來到這個世界已經足足五十天了。

時間過得太快，以至於讓人完全沒有真實感，而最讓她擔心的是……在學校學習的東西都要忘光了喂！這就相當於放了暑假啊，所以回去以後什麼都要重新學習好嗎？而且哪怕想假期補習，也連本參考書都沒有，真是悲劇到了極點。

而在這種情況下，莫忘迎來了自己「工作」後的第一個假期。

女僕們一個月放一次假，一次假期是兩天，但是因為她們這批人是一起進來的，不可能同時休假，所以非常人道的採取了「輪換制」，今天恰好排到莫忘和海蒂。

脫下那身女僕裝換上常服後，莫忘看著鏡中的自己，都有些不習慣了。

「我都有點不習慣不穿女僕裝的自己了。」

同樣換好了衣服的海蒂很心有靈犀發出了這樣的感慨。

「是啊。」來湊熱鬧的瑪麗也點了點頭，「我之前回去時也感覺這樣。」

雖然莫忘已經從三人房搬離，但和兩位前室友的感情還是不錯的，再加上她從小到大這是第一次住「集體宿舍」，雖然時間不長，回憶卻彌足珍貴。

「凡賽爾，妳的東西都收拾好了嗎？」

莫忘點頭。

「要先去買些東西帶回去嗎？」

莫忘再次點頭。

「唔，要不要再買件新裙子？」

莫忘身上穿的還是卡莎大媽送給她的那件白色長裙，毫無疑問，她最初的感覺是正確的，這件衣服的布料雖然不錯，但款式早已過時了，再加上她年齡不大、氣質稚嫩，穿起來其實並不算合身，反而顯得老氣。

艾米亞是個大方的老闆，她當然有錢買裙子，但是……

莫忘笑著搖了搖頭。她永遠記得，卡莎大媽將裙子從櫃子最頂端的箱子中拿出來再遞給自己的情景。

這對卡莎大媽來說是很珍貴的東西，對她來說也是一樣。

「嗯，那就算了，這件衣服也挺好看的。」海蒂說道。

瑪麗贊同道：「是啊。」

海蒂和瑪麗無疑是非常體貼的好夥伴，她能成功的熬過這段時間，也多虧了她們兩位好姐妹的陪伴。

沒多久後，兩人一起向女僕長彙報了下，然後手拉著手離開了莊園。

在海蒂這個「原住民」的帶領下，莫忘為傑斯大叔一家四口選擇了不少禮物，扛著大包小包「衣錦還鄉」。

海蒂誇讚莫忘：「凡賽爾，妳的力氣可真大。」

莫忘笑。

「如果沒有妳，我肯定不會買這麼多東西。」

「……」雙手都提滿了東西的莫忘沒辦法打手勢，唯有用眼神控訴——都是我的錯囉？

「當然！」

「……」眼神攻擊——好難過好難過……TAT

「噗，乖啦乖啦！」海蒂空出一隻手摸了摸莫忘的頭。

莫忘有點鬱悶，為啥大家都愛摸她的頭呢？不科學啊喂！等等，聽說摸頭長不高？怪不得石詠哲長得比她高……

一會兒工夫便走到了海蒂家。

「我家到了，就不請妳進來坐了，妳一定也很急著回去吧？」

莫忘微微點頭，笑。

「不過我們兩家相隔的位置不遠，下次請妳來做客的時候一定要答應哦！我保證我的家人一定對妳很有興趣。」

莫忘點頭。

★◎★◎★◎★◎

揮別海蒂後，莫忘提著滿手的東西回到了傑斯大叔的餐館，雖然只離開三十多天，可現在再想來，感覺卻好像過了挺久。

嗯，怎麼說呢？滿是懷念的味道。

雖然這個世界不是她的故鄉，但如果非要在此處找一個「家」，那應該就是這裡了吧？

卡莎大媽一見到她就飆出了眼淚，傑斯大叔一邊笑著、一邊遞給了她一個剛烤出來的熱麵包，洛爾送上一盤酷似黑暗料理的冰塊章魚……嗚哇！還在動！誰要用麵包夾這個吃啊喂！至於安迪？依舊對她愛理不理。

大家都和以前一樣。莫忘覺得很安心。

緊接著，她送上了精心準備的禮物。

「這個菸絲……」傑斯大叔陶醉的嗅了一下，「好味道……」

他家老婆卻挺有創意的說：「留著，過節的時候再抽。」

傑斯：「……」不帶這樣的喂！

「媽媽，凡賽爾買給妳的衣服真漂亮，妳不去試試嗎？」一旁的洛爾非常明智的幫自家老爹解圍。

「那怎麼好意……」

「快去快去。」洛爾一邊推著自家老媽，一邊扭頭對老爸眨了眨眼。

莫忘注視著抱著菸草快速溜走的大叔，抱著肚子笑了出來。

隨即，她拿著幾本書走到安迪面前。她記得他一直想要學習文字，可惜沒有時間也沒有人教導。這個世界，知識很值錢，大部分的書籍都是為了懂得魔法的人準備的，而平民則很少會買；當然，就算買了也未必看得懂，因為其中識字的人很少。而書籍的價格也是非常貴的，這更是偏遠的郡中書籍很少的原因。

這個世界也有類似於拼音的東西，安迪似乎跟某個人學習過拼音，她曾看過他拿著樹枝在地上偷偷練習，當時她還以為是塗鴉，後來學習文字後才發現是這個。

莫忘手中拿的書是一本字典以及一本識字入門教材，僅這兩本書就花去了她三分之二的錢。要知道，在某位老闆的慷慨下，這個月她拿的可是足足四倍的薪資，除此之外還有老闆附贈的一些筆墨紙，也幸好有贈品，若單獨買她自己的東西，就不夠為洛爾買禮物了。

【給。】

「……」

安迪很想維持「不屑一顧」的表情，可對方遞出的東西卻戳中了他心中最柔軟的那個點，他現在就像被貓撓了一樣，不知道該如何是好。

接吧？總感覺對方會立刻嘲笑自己。

而不接……內心的渴望讓他無法做出這樣的選擇。

好在莫忘從來沒有折磨人的壞毛病，只是微微笑著，將東西塞入了他的手中，眨了眨眼做了個手勢。

【這是我們之間的秘密。】這傢伙很像阿哲，某些時候臉皮就薄了。

「……#￥！」

【？？？】

「我說，謝謝妳！」喊完這一聲後，小正太紅著臉抱著東西跑了。

莫忘：「……」還真是像啊！話說這傢伙真的和石詠哲沒有親戚關係嗎……咳，似乎不太可能！

「凡賽爾，謝謝妳。」

肩頭被拍了一下的莫忘微笑著回過頭，比了個「不用客氣」的手勢。

「對了，我的禮物呢？妳不是忘記了吧？」

她拍了拍腦袋，做出一副驚訝的表情。

【啊！忘記了，怎麼辦？】

「啊，我真失望……」洛爾也做出了一副失望的表情。

兩人對視了片刻後，不約而同笑了起來。

緊接著，莫忘將一個小巧的懷錶遞給洛爾，她清楚的記得，每次對方送餐時，總是因為把握不了準確的時間而覺得格外煩惱，而店中的掛鐘太大，不可能隨身帶著。再加上懷錶的價錢比一般的鐘要貴上不少，被傑斯夫婦當作「非必須用品」，一直都沒想過要買。

「哇！這個可真棒！」洛爾笑著接過懷錶，小心翼翼打開後，對了對牆上的掛鐘，「時間都調好了？」

莫忘點頭。

「謝謝妳，凡賽爾，我會好好珍惜的。」

莫忘伸出拇指：【必須的！否則揍你哦！】

「說起來，我也有份禮物想送給妳。」洛爾說道。

【哎？送給我嗎？】

「但是看到妳的禮物後，突然覺得不太送得出手啊。」

【……】

「妳保證不嘲笑我？」

【我是那種人嗎？】

「也是。」洛爾笑著將手插入了口袋，片刻後，掏出了一條白色的絲帶，上面還綴著一小朵粉色的布製花朵。他將其遞到了莫忘面前，「給妳。」

莫忘沒有接過絲帶，只是打了個手勢。

【這個……很貴吧？】

所謂的「貴」，當然是相對而言的。在老牌貴族家工作了這些天，莫忘的眼界已經大大的開闊了。光憑質地，這條絲帶的價格至少是普通亞麻絲帶的幾十倍，而且它的做工不錯，還有裝飾。

當然，這樣的玩意她也並非買不起。只是對比傑斯大叔給洛爾的零用錢，這一條絲帶想必會讓他花掉所有存下來的零用錢。

洛爾笑看著她說：「比起妳的懷錶來說不算什麼啦。」

【可是……】

「上次妳去應徵時，一直沒有合適的絲帶，所以我就想，一定要幫妳買一條。而且買都買了，不可能再退回去，我和安迪用不著，媽媽的年紀也……妳不要就浪費了。」

話說到這個地步，莫忘不接反倒是罪過了。

於是，她小心翼翼的將其拿起，笑著比劃說：【謝謝，我也會很珍惜它的。】

「嗯！」

可是，莫忘沒有想到的是，僅僅第二天，她就違背了自己的保證。

★◎★◎★◎★◎

不習慣。

不舒服。

不愜意。

「二少爺，是茶不合您的口味嗎？」

「……」艾米亞隨意的揮了揮手，示意並不是這樣。

「二少爺，需要為您請醫生嗎？您看起來有些不妥。」

「哈麗……」

艾米亞很有些無奈，但在那對無良夫妻蹺家後，他和哥哥的生活幾乎都是由眼前這位女性打理的，可以說與家人無異。就目前看來，也是陪伴他最親近、最後一位留在他身邊的家人，自己當然不會因為這種小事對她發脾氣。

「二少爺。」女僕長大人面色嚴肅的說：「忍耐是一種美德。」

「……我知道了。」這算是哈麗風格的笑話嗎？艾米亞扶額，只好說：「麻煩替我重新泡壺茶。」

「是。」

哈麗走後，艾米亞單手托腮，手指輕撥著杯沿。

忍耐是美德？嘖，他可不需要這種東西。

而且，身為僕人，連休假都不知會他一聲，膽子也未免太大了，該如何懲罰她才好呢？

嗯，扣掉她下個月的工錢以及假期如何？

真是個好主意。

艾米亞深深的被自己的睿智震驚了。

★◎★◎★◎★◎

與此同時，站在櫃檯邊的莫忘突然打了個寒顫。

——怎麼回事？天氣明明很暖和啊！

「凡賽爾，怎麼了？」端了一堆髒盤子過來的洛爾擔心的問道。

【不，沒什麼。】

「難得的休假，妳還幫我們工作，真的沒問題嗎？不需要出去玩玩？」

莫忘搖了搖頭，比劃著：【沒關係，我覺得這樣很好啦。】

「真的？」

莫忘點頭。

「那就好。」洛爾彷彿鬆了口氣，緊接著又問：「對了，安迪那小子昨晚一夜沒睡呢。」

【哎？怎麼了？】

「就顧著看書了。」洛爾攤了攤手，露出一臉無奈的表情，「雖然早就知道他想識字，卻沒想到能入迷到這個地步。」

莫忘笑了起來，她覺得自己完全可以理解這種情緒，知識就是力量嘛！

「我說，凡賽爾。」

【什麼？】

洛爾的語氣頓了下，才問：「妳……今後有什麼打算嗎？」

【哈？】

「……我的意思是說……」洛爾猶豫了一下，似乎不知道該如何開口，卻還是一咬牙問了出來：「妳會突然離開嗎？」雖然爸爸和媽媽認為不要問比較好，但是……

莫忘愣住，她表現得這樣明顯嗎？思考了片刻後，她緩緩的打了個手勢——

【安心吧。】

「那我就……」

【如果要離開，我一定會和你們說一聲。】

「……」這話完全不能讓人安心吧？洛爾很是不能理解，「非走不可嗎？」

【嗯，非走不可。】這個世界再好，也不是她的家。

「……我明白了，那到時候……一定要和我們說啊。」

【嗯！】

莫忘用力的一點頭，而後髮絲驀然散落了下來，她淚流滿面的從地上撿起絲帶，第一萬次的承認，自己真的沒有用這種東西的天分。

洛爾扶額，「……從昨天算起，這已經是第十次了吧？」

「……」是啊！TAT

「需要我幫忙嗎？」

莫忘被感動得淚流滿面：「……」好人！QAQ

幫助與被幫助的兩人絲毫不知曉，餐館外面的街道上，人們正陷入了呆滯中。

原因無他——有人「誤入」了這條街！

★◎★◎★◎★◎

在呈環形結構的王都中，這個居民區雖然在平民聚集區中已算是占據了較好的位置，住在這裡的人們幾乎都衣食無憂，街道治安也不錯。但對比整個王都，這裡依舊是最下等的地區，稍微有些錢財的人都會更努力往更靠近中心的地區攀爬。而每進一步，街道也就更熱鬧繁榮幾分。

所以說，除非是特殊情況，不然只有平民去裡圈見世面的，卻很少會有貴族或者富商到外層來遊玩——這裡有的，他們所住的地方都有；這裡沒有的，他們所住的地方也有。

而今天，情況似乎有了改變。

原本遊走於道路中的人們紛紛停下腳步，三五成群的聚集在一起，而待在店鋪和家中的平民也紛紛走了出來，參與小聲卻熱鬧的討論。

「看，那輛馬車！」

「看那外形和質地，我猜裡面坐著的至少是個大富商。」

「不，我覺得是個貴族。」

「哦？怎麼說？」

「你看那車上的圖案，很像傳說中的家徽，只有擁有爵位的貴族才能擁有那玩意吧？」

「好像真的是！」

「不過，那種大人物來這裡做什麼？」

「噓……他好像朝傑斯家的餐館去了。」

人們彷彿發現了重大的八卦，目光炯炯的注視著停在餐館門口的馬車。居住在這條街道的民眾每天重複著忙碌的工作，以圖溫飽，實際上並沒有多餘的錢和時間來享受放鬆和娛樂，而這種喜聞樂見的「爆炸」新聞，無疑能激發他們巨大的求知欲和探索欲。

靜坐在車中的艾米亞微皺了下眉頭，這種時候感覺靈敏的壞處就體現出來了，即便是螻蟻，太多聚集在一起也是很吵人的。

「二少爺，到了。」

艾米亞猶豫了下，他當然沒有被圍觀的愛好，但是對於某人的居所，他還是有點興趣的。思考了片刻後，他說道：「下車。」

「是。」

穿著一絲不苟的乾淨制服的馬車夫跳下駕駛位，走到門邊，恭敬的拉開門，躬身的弧度如被尺子量過般，一分不多，一分不少。

「在這裡等我。」

「是，二少爺。」

走下車的俊美青年引起了好一陣驚嘆和吸氣聲。魔力越純粹的魔族，長相似乎也會越加英俊，而他如霜雪般潔白的髮絲不含一絲雜質，這更是力量與血統的證明，哪怕再沒有見識的人也能夠立即分辨出——這是位大人物！

可惜他的身影很快就消失在了店中，這讓不少人覺得異常可惜，有心想再細看，卻沒有人敢進入店內，甚至連接近馬車都不敢。

八卦誠可貴，生命價更高。

所以他們只能稍微放大聲音，七嘴八舌討論起來——

「看到沒？是個好俊俏的小夥子！」

「是啊，我從未見過這樣帥氣的年輕人。」

「可是為什麼蒙著眼帶？難道？」

「噓！你是想死嗎？」

「他是來做什麼的？」

「難道傑斯家的食物已經揚名王都了？」

「如果真是這樣，那真是我們整條街的榮幸了！」

眼看著外面的人越來越興奮，艾米亞的心情卻很是不爽。

原因無他，當他走入餐館中，第一眼看到的就是少年正為少女束著髮絲，前者的動作似乎已經到了尾聲，他撫摸了幾下她順滑的髮絲後，才依依不捨的放開。就在此時，後者回過頭，四目相對間，朝對方露出了一個異常燦爛的笑容，一股無聲的氣氛在兩人之間蔓延著。

……以上內容出自二少爺之眼，真實程度待考。

「咚！」

莫忘不小心磕碰桌子發出的聲音，昭示出她終於發現了某人的存在。

她不可思議的揉了揉眼睛，又揉了揉，彷彿才確定了眼前的人「似乎」是真貨，她連忙比劃手勢——

【少爺？】

「哼。」終於發現他的存在了嗎？

「……」喂喂，這種突然傲嬌了的感覺是鬧哪齣啊？而且這傢伙為什麼會跑到這裡來？

【你怎麼會來這裡？】

「來帶妳回去。」

【哈？】

「妳的休假結束了。」

【……不是應該明天才結束嗎？】

「妳的意思是——」艾米亞略有點危險的瞇起眼眸，「我說的話不算？」

「……」這傢伙是潛伏了十年的狂犬病終於發作了嗎？怎麼見誰咬誰？但是……她忍！之前那麼多事都忍下來了，犯不著因為這個和他翻臉，她深吸了一口氣，選擇了暫時妥協。

【您說的話當然算數。】

艾米亞的臉色稍微緩和了些，隨即傲慢的朝她揚了揚下巴，「過來，跟我走。」

【我去收拾東……】

「不要讓我把話說第二遍。」

「……」

莫忘表示自己真的很想跟這傢伙翻臉，但是這裡到底是傑斯大叔的家，真在這裡鬧開很可能會給他們帶來麻煩，而且她帶回來的也只是些換洗衣物，之後讓休假的人幫她帶回去就好了。

想到此，莫忘點了點頭。

【是，少爺。】

她說著，就要推開櫃檯的擋板走出去，卻被身旁的少年一把拉住了手腕。

「凡賽爾，真的沒事嗎？」

雖然第一次面對這種大人物，也大致猜到了對方的身分，心中很有些惶恐，可是洛爾很清楚，眼前的女孩即使與自家沒有血緣關係，但的的確確是自己的家人，他不能眼睜睜看著她陷入危險卻什麼都不做。

即便他可能什麼都做不到。

莫忘眼角餘光掃到了某人瞬間「又要犯病」的表情，心中頓時一緊，她很慶幸卡莎大媽現在不在這裡，因為她真的做得出來攔在自己面前的事情。她輕輕的掙脫洛爾的手，微笑著搖了搖頭。

【沒關係，少爺人很好，對我也很好的。】那傢伙的表情居然緩和了……到底是有多自戀啊？！

「可是……」

【真的沒問題啦！我的東西就麻煩卡莎大媽幫我收拾一下哦，過兩天我讓其他同伴來拿。麻煩你了，洛爾。】拜託了，別再糾結了，否則她直覺真的會有事啊啊啊！

「……我知道了。」

莫忘鬆了口氣，點了點頭後走出櫃檯，她還沒走幾步，就被某人一把握住了手腕，拖著離開餐館。

就這樣，莫忘在眾目睽睽之下，被某人單手夾著提進了馬車之中。

在那一雙雙明亮而灼熱的眼睛的注視下，她的冷汗「刷」的一下就流了出來：似乎……大概……還是給傑斯大叔他們惹麻煩了？救命！所以說，這傢伙到底是來幹啥的？專門上門搗亂嗎喂！！！

「妳那種不滿的表情是怎麼回事？」

「得勝歸來」的艾米亞輕嗤了聲，端起紅茶，在馬車夫嫻熟的駕駛技術下，杯面平靜異常。而人身處馬車中，也幾乎感覺不到明顯的移動。

「……」

莫忘無力的比劃著：【沒有不滿。】

「哦？」

【您親自來接人是我的榮幸。】

艾米亞哼了聲：「知道就好。」

「……」他還真要臉。

「面對我這樣慷慨親切的主人，妳難道不應該奉獻出足夠的忠誠嗎？」

莫忘呆住：「……」哈？這傢伙還要不要臉了？

「下個月，下下個月……六個月的休假取消。」

【我反對！】

「換成這六個月的工錢三倍。」

「……」這算是威逼利誘嗎？

「以及——」艾米亞微皺起眉頭，突然伸出手，快速扯去女孩頭上的髮帶。他記得很清楚，她從沒有繫過這個，而且這條髮帶很新，來處一目了然。哪怕不是，被髒手碰過的東西也沒有存在的必要，「不許把這種髒東西帶進我家。」

「……」這種說法太過分了吧？

【還給……】

莫忘尚未比劃完，突然見到對方一把將髮帶丟出了車窗外。

「……」

莫忘想也不想就跳起身，準備打開車門跳下去撿，卻被人一把拉住了手。

【放開！】掙脫未果後，她用憤怒的眼神傳遞著這樣的訊息。

艾米亞恍若未覺，只冷笑著繼續說道：「像那種低下的平民，也沒有接觸的必要。」

「我向哈麗問過了，他們並不是妳真正的家人。」

「以他們的身分只能居住在那種地方。下等、吵鬧、沒有教養、骯髒，簡直比蚊蟲和螻蟻還要讓人……」

「啪！」

一聲清脆的響聲打斷了艾米亞的話。

他不可思議的捂住自己的左臉，看向怒氣衝衝的女孩——她居然敢打他？

而莫忘居然笑了出來，一把掙脫了他的手，緩緩的比劃說：【道歉！】

他可以責備她、欺負她、盡情使喚她，因為她本身就是有目的的接近他，也早已做好了接受這一切的準備，亦願意為之忍耐，將其當作為達成心願而付出的代價。

但是，這不意味著她能眼睜睜看著他辱罵自己的恩人。

那一家人，有著金子般美麗的心靈，毫無芥蒂收留了來路不明、無家可歸的她，給她飯吃、給她衣服穿、給她房子住，甚至在艱難生活之餘還無償供養她。

這樣的人，絕對不下等，絕對不骯髒。

他們的靈魂比誰都要高貴！

這個對自己親哥哥都能下手的傢伙絕對沒有資格侮辱他們！

「妳……」

「啪！」

莫忘反過手，又狠狠的抽了對方一巴掌。

【道歉！】

「妳居然……」

「啪！」

【給我道歉！】

「妳怎麼敢……」

怒上心頭的莫忘索性一把掀了桌上的紅茶和點心，拿起銀質的盤子就劈頭蓋臉的朝某人打去！

馬車不知何時停了下來，深懂「明哲保身」之道的馬車夫跳下車，默默的跑到一旁去乖乖等待。

完全沒人阻止的莫忘是越打越順手，而艾米亞簡直是苦不堪言，他從小身體就不算強壯，雖然努力想追上哥哥，但最終還是以失敗告終。

經過多年的鍛鍊，他的身體雖然不錯，但到底沒能和艾斯特走上同一條道路，反而與格瑞斯相似，都是使用魔法戰鬥的類型。當然，後者並不是身體不好，而是覺得會揮灑汗水的戰鬥方式太不優雅。

眾所周知，正常的法師這種類型一般是不能讓人近身的，否則「必死無疑」。

而魔王陛下無疑是個開外掛的存在，魔力巨大，除此之外還加持了可供近戰的力量、敏捷和體質，雖然只是初級，但暴揍一個男人絕對沒問題。

要知道，上次如果不是莫忘怕暴露而不敢還手，艾米亞哪能捏紫她的手，早被揍到半死了好嗎？

但是呢，俗話說得好，「不是不報，時候未到」……看，現在到了吧？

當然，揍到一半的時候，莫忘其實已經恢復了理智，但是考慮到之後肯定要悲劇掉，她覺得自己必須多占點便宜，因此又堅持了一下，才微喘著氣停了下來。

被徹底打翻在車中的艾米亞，幾乎是目瞪口呆的仰頭注視著女孩，他直到現在也沒弄明白她為什麼會有那麼大的膽子。緊接著，他看到女孩一腳丫子踩到了他的胸口上，氣勢洶洶的再次比劃起來——

【道歉！！！】

艾米亞的心臟快速跳動了起來。不知為何，在這一刻，他從女孩的身上感覺到了某種凜然的氣場，這是他從未體察過的東西，既新奇又有些讓人恐懼。哪怕是被他當作「天下第一」的哥哥，也從來沒有散發出這種氣勢，這到底是……這到底是……

【快點！！！】

卻又讓人情不自禁的想要服從，想要膜拜。

「咚！咚！咚！」

他的心臟持續加速，頭腦的血液供應似乎有些不足，臉孔卻在發燙，雙耳嗡嗡作響，眼中……只仰視著她。

在這種既清醒又恍惚的情況下，艾米亞鬼使神差的開口：「好！我道歉！」

「……」

莫忘卻呆住了，很顯然，她沒想到這傢伙真的會道歉，這也導致她愣了好片刻後才反應過來。

【你真的願意道歉？】

「……」一旦說出口後，似乎也沒有想像中的那麼難開口，艾米亞有些難堪的扭過頭，緩緩的說：「我為我剛才話語的不謹慎向妳的家人道歉。」

莫忘再次愣住。

又是片刻，她眨了眨眼睛，默默的把腳從某人的胸口上收回來，蹲下身，幾乎淚流滿面注視著被她揍得可憐兮兮的某人，暗自思考——現在認錯還來得及嗎？

——不、不管怎樣，先把他扶起來吧！

如此想著的她，伸出雙手將地上的艾米亞緩緩抱了起來。為了防止他散架，莫忘的動作簡直是小心翼翼到了極點。

任對方動作的艾米亞注視著女孩專注的表情，不知為何漸漸平息的心跳再次劇烈了起來，他的視線順著她濃密的睫毛一路下滑，路過小巧的鼻子，直達粉嫩的嘴唇。大概是因為心中糾結的緣故，她微微咬著唇瓣，將它折磨得有些發紅。

——有點想要……

他不受控制的伸出手捏住她的下巴，微閉上眼眸快速的湊了上去。

心中還有幾分警覺的莫忘以為某人要還手，連忙抬起手做好防禦準備，就在此時，一個溫潤的觸感落到了她唇角邊。

「啪！！！」

幾秒鐘後，莫忘注視著自己的手掌，再看了看對方被她直接搧出了紅色掌印的臉孔，想也不想的反手又搧了一巴掌上去。

——混蛋！

——變態！！

——色狼！！！

——無恥！！！！

這一次，艾米亞沒有還手。

同樣驚呆了的他意識到自己到底做出了怎樣冒失的事情。

不，不僅是冒失而已，簡直……

他深吸了一口氣，一把握住氣得滿臉通紅、渾身顫抖的女孩的手，認真的對她說：「我會負責的。」

「啪！」

——誰要這種不要臉的卑鄙的下流的色鬼負責啊喂！！！

第五章

魔王陛下是新娘。

所以說，現在到底是什麼情況？

莫忘注視著幾乎堆滿了一床的華麗衣裙，又看了一眼堆了滿桌子的精緻首飾，最後目光落到擺滿了整間屋子的各色鮮花，額頭上的青筋就沒消過。

她轉過身，目光很有些凶狠的看向某個眼巴巴盯著自己的青年，非常無語的發現，這傢伙臉上居然浮起了兩朵紅暈，看樣子似乎挺喜歡被瞪。

早知道他會抖M成這個德行，她絕對不會下手去揍好嗎？！

她有些無力的打手勢——

【你到底想怎麼樣？】用這種奇葩的方式折磨人嗎？好吧，他成功了！

艾米亞對女孩的健忘有些不滿：「我不是已經說過了嗎？」

「……」是啊，說過了。

莫忘默默回想起剛回家時的景象，這傢伙就那麼鼻青臉腫的拖著她跑進莊園，對目瞪口呆的女僕長宣布「寫信通知父親和母親，就說我要娶她！」，如果不是已經恢復了理智，莫忘真想對他那滿是巴掌印的臉上再來幾下。

等等……她不會是下手太重，一不小心把他的腦袋打壞了吧？

這個問題很嚴重啊！

【我拒絕！】

「……為什麼？」

莫忘注視著對方那副不可置信的表情，上面好像寫滿了「不魔法！不可能！我怎麼會被拒絕！」的字眼，也許別人看到會覺得可憐，她卻絕對不會，因為這傢伙壓根就是變態好嗎？

她才十五歲！

十五歲啊喂！！

結婚個鬼啊！！！

【沒有什麼為什麼。還有，把我房間裡新增加的東西全部拿走！都擠到沒有轉身的空間了好嗎！】

「……」

艾米亞是真沒想到啊，自己居然會被拒絕，想他堂堂一個高富帥——雖然魔界似乎沒這個詞，但可以體會精神——肯紆尊降貴娶一位平民，正常人都會歡欣鼓舞的好嗎？為什麼她的表情那麼難看啊？她到底知不知道自己在拒絕些什麼？

不過，這也是她可貴的地方！

一旦決定要和眼前的人結婚，艾米亞覺得自己看她哪裡都順眼。

毫無疑問，這傢伙已經快速的提前步入了「新婚狀態」，皮厚 +1000，抗打擊能力 +1000，幾乎無敵了！

艾米亞打了個響指，門頃刻間被打開，男僕女僕們紛紛入內，將房間收拾個乾乾淨淨，他好整以暇的問：「那妳想要什麼？」

【……你能消失嗎？】再這樣下去她真的抑制不住殺人的衝動啊啊啊！

「……好吧，既然妳累了，就先休息一會兒吧。」

話音剛落，艾米亞就要離開，突然發現女孩又打起了手勢。

【等一下。】

「什麼？」他瞬間來了精神。

【要什麼都可以？】

「當然。」

【你保證？】

如果是別人懷疑自己的信譽，他會很生氣，但現在艾米亞覺得可以稍微忍耐一下。

「我保證。」

【髮帶。】

艾米亞答應得很爽快：「沒問題，妳想要怎樣的……」

【被你丟掉的髮帶，幫我拿回來。】

「……」

【你答應過的，不管什麼都可以。】

「我知道了！」

黑著臉的某人轉身就走。

莫忘扶額，所以說這傢伙發什麼脾氣啊？這都是誰的錯啊？從頭到尾她和洛爾都是受害者吧？不、不對，重點不在這裡，那傢伙似乎是認真的！她可不想真的結婚，她必須儘快找到回去的辦法才行。

如此想著的莫忘也顧不上休息了，直接打開房門就想去書房。然而，走到門口時，她卻被人攔住了。

「……」女僕長……

出乎莫忘意料的是，這位表情嚴肅的女僕長居然提起裙子朝她行禮。

「凡賽爾小姐，二少爺吩咐過，如果想出去，請務必讓我隨身服侍。」

「……」

女僕長接著說道：「如果可以的話，我將帶您參觀整座莊園。」

「……」

【哈麗女士……】

「您叫我哈麗就可以了。」

「……」

莫忘知道艾米亞可能是好心，但是這種事情……

「無須介意，您有這個資格。」

莫忘能夠感覺到這不是諷刺，而是實話實說，但她還是有些不習慣，好像自己做了什麼壞事，得到了原本不應該得到的東西一樣。

可即便如此——

「……我想去書房。」

這是擺脫現狀的唯一方法。

「好的，請跟我來。」

莫忘一如既往的跟在女僕長身後，「身分」卻彷彿發生了翻天覆地的變化，偶爾路遇的人紛紛投來了各色的目光，這讓她緩緩的捏緊了裙襬，直到到達目的地，她才微微鬆了一口氣，盡情徜徉在書籍的海洋之中。

★◎★◎★◎★◎

一眨眼，又是十來天的時間過去了。

莫忘掐指一算，自己來個這個世界已經足足六十九天。

時間流逝無痕，但她所能做的事情實在是太有限了，書房裡的書籍實在是太多了，哪怕只是用翻的方式，也依舊沒有找到什麼線索。

她倒是在某本書中找到了關於「魔力透支」的訊息，因為想到林朝鈞，她特地查看了一下，結果和尼茲所說的差不多，如果不儘快控制體內流失的魔力，當流失到一個限度後，身體就會快速的垮下去。

——也不知道林學長學會了控制方法沒？

「凡賽爾，妳又在看書嗎？」

「……」

莫忘很不想搭理來人，但出於禮貌，她還是轉過了身，點了點頭。

「妳還真是愛讀書，不過，這也不是什麼壞事。」艾米亞微笑著說，「如果妳喜歡的話，我可以單獨為妳修一間書房。」

「……」

莫忘覺得，自己現在大概正在體驗「被追求」這件事，而且還是其中的高檔品種——土豪的追求。

不過她真的不想和他做朋友！

雖然說「一切不以結婚為目的的戀愛都是耍流氓」，但心心念念想和一個未成年的高中生結婚，怎麼看那下限都突破了變態的標準吧？

雖然她已經拒絕過無數次，但對方似乎很固執，理由很簡單——

「妳肚子裡可能有了我的孩子，我不會讓其變成私生子！」

這個理由很好很強大，以至於莫忘第一次聽到時差點整個人都壞掉了，而後才想起，這個世界似乎親……咳，就會懷孕的，但問題是，當時這傢伙只碰到了她的嘴角啊……等等！她為什麼要回憶這種可恨的事情啊喂！不，重點不在這裡，她……她她她不會真的懷孕了吧喂！！！

畢竟她身處這個世界之中，而且還是魔王？所以說……

不會的！

這種事情絕對不會發生在她的身上！

為什麼她一定要生孩子啊？

非常不科學好嗎！

但是，在這個魔法的世界談科學……QAQ

雖然翻書的時候刻意關注了一下這類訊息，但是很遺憾，直到現在莫忘也不確定自己是否真的……哪怕使用魔法的手段檢測，也必須在懷孕二十天後。

不會的！

她肯定不會……QAQ

話說這件事完全不是她的錯吧？

怪她長著嘴嗎？

完全都是他的錯好嗎！

只要一想到這件事，莫忘的心中就氣不打一處來，對某人也完全沒有了好臉色。

可某人跟抖M似的，越被虐越開心，不被虐吧，又受寵若驚……呵呵呵呵呵呵，遇到這樣的變態，她有什麼法子？

到最後，兩人約定一起去神廟使用魔法做檢測，如果她沒有……他就必須徹底放棄這個離譜的想法。

「凡賽爾，明天就要去神廟了，妳做好準備了嗎？」

【……不是人去就可以了嗎？】

「說的也是。」艾米亞居然贊同的點了點頭，「其他事情都交給我就好。」

莫忘默默的抽了抽眼角，心中泛起了些許不好的預感。

「對了，明天去的時候，我希望妳能換上準備好的衣服。」彷彿怕女孩拒絕，艾米亞接著說道：「神廟是莊嚴的場合，關於著裝也是有要求的，過於隨便的態度會被認為是褻瀆。」

【我明白了。】

艾米亞表情滿意的點了點頭，「很好。對了，那幾個對妳不敬的人我已經全部驅離，下次有這樣的事情，妳可以直接告訴我。」

【……用不著這樣吧？】

「這是必須的，畢竟——」他彎下身，執起莫忘的手貼在額頭，笑著說道：「妳也是這座莊園未來的女主人呢。」

「……」這種篤定的語氣是怎麼回事？

莫忘的心頭再次湧上不妙的預感，明明還沒有檢測，他憑什麼這樣肯定呢？

★◎★◎★◎★◎

次日很快到來。

幾乎是一整夜都沒睡好的莫忘，幾乎在日光透過窗欞射入的那一秒就醒了過來，她揉了揉眼睛，有些糾結的捏了捏眉心，跳下床走到鏡子邊一看，裡面的人果然有著兩個大大的黑眼圈。

就在此時，敲門聲響了起來。

「凡賽爾小姐，請問您醒了嗎？」

她這才想起，昨天艾米亞的確說過今天要儘早起床的。

莫忘走到門邊，一把將其拉開，就被門口的陣仗嚇了一大跳，這這這這什麼情況？！

驚嚇讓莫忘下意識後退了一步。

門外的人如同得到了某種暗示，依次行禮後魚貫而入。

【這是怎麼回事？】

「別緊張，凡賽爾小姐。」哈麗淡定的表情有效的為莫忘注射了強心針，「她們只是來服侍您著裝的。」

【哈？我一個人也……】

莫忘的手勢戛然而止，因為她清楚的看到了那一堆堆嚇人的物品……好吧，大部分她都不知道該怎麼用。最終，她妥協了。

緊接著的三個小時裡，她如同一個聽話的洋娃娃般，被其他人來回擺弄著。

到了這個地步，她也終於明白為什麼要起早了……呵呵呵呵呵呵，不起早行嗎？！

當客廳中的座鐘敲響了十下，靠躺在皮質沙發上玩弄著一個金色懷錶的青年下意識朝通往二樓的階梯看去——很遺憾，什麼都沒有。

如果莫忘此刻在這裡，就會驚訝的發現，他手中的懷錶與艾斯特擁有的那個異常相像，不同的是，艾斯特的懷錶中放置的照片是她，而艾米亞的懷錶放置的則是艾斯特。

艾米亞銀白色的長髮用一條銀紅雙色的帶子束了起來，鬆鬆的拖在身後，身上的長袍雖然依舊是白色的，衣袖與下襬卻都滾上了一層紅色的邊，且明顯另有乾坤，看似純色的布料下隱藏著金色的暗紋，它們在光線下閃爍著些微的光芒，如果仔細看去，會發現其剛好連接組建成了這個家族的家徽。

一條同樣有著暗紋的紅色腰帶繫在他的腰間，於腰側扣緊後，垂下了兩條同色的穗子。

他踏著白色龍皮靴的腳微微晃悠著，像是在數數，又像是在催促著什麼。

直到十點過十分，他面對著的階梯上才終於傳來了腳步聲。

艾米亞下意識的抬起手，恰好看到女孩一手提著裙襬，另一手扶著階梯，小心翼翼的走了下來。

她今天所穿的裙裝是他親自選擇的，主色調不過雙色，像她的靈魂一樣純潔的白，像她的心靈一樣炙熱的紅，他也不過是她的陪襯品。

款式不需要太複雜，最普通的長裙就好，如同清晨剛剛摘下的花苞，只需要露水作為點綴就足夠美好。外表也不需要太暴露，脖頸、手臂、小腿……全部都應該遮蓋住，唯一被允許露出的手掌也必須戴上手套。

上身完全是白色，繫頸的絲帶卻選擇了大紅色，下身紅色的底裙外罩上了如月光般朦朧的白色輕紗，微微褶皺的裙襬上重又點綴了大朵大朵紅色的鮮花，她直直的長髮被微微做捲，只選了耳邊的幾縷束起，其餘的紛紛披落下來，一頂小巧而可愛的白色帽子歪戴在她的頭頂，其上同樣點綴著大朵大朵或含苞或半開或怒放的紅色花兒。

她的小手也被精心護理過，隔著透明的薄紗撫在扶手上，如同傾倒而出的潔白牛奶，讓人非常有想要品嘗味道的欲望。修理過的指甲沒有上色，只塗抹了些許亮色的指甲油，泛著健康的粉色與可愛的光澤。

行走間，小巧的白色高跟鞋若隱若現，「噠噠噠」的腳步聲如同踏在了人的心上……艾米亞下意識站起身迎了上去，站在階梯的最下層，以仰視的角度看著緩緩走下的女孩，直到她停在了他的身前——微高一格的位置。

他單膝跪下身，捧起她的手輕輕吻上，幾乎是下一秒，他有些失望的發現她奪回了自己的手，縮到身後。

——還真是害羞。

而他所不知道的是，莫忘可不只是縮回手而已，她直接將手放在衣服上來回蹭！

「今天的妳，美麗得讓人心驚。」

「……」呵呵，折騰了她三個多小時，就為了聽這句廢話嗎？差評！

「走吧。」艾米亞站起身，朝她微微動了動臂彎。

莫忘抽了抽嘴角，最終認命的走下階梯，勾住了他的手，兩人就這樣一路走出了莊園，踏上了早已準備齊全、裝飾一新的馬車。

幾乎是才走進馬車，莫忘就迫不及待打起了手勢。

【也莊重過頭了吧？】

「當然。」艾米亞緩緩勾起嘴角，很有些意味深長的回答：「因為今天可是個非常重要的日子。」

【哈？】

「待會妳就知道了。」

「……」神神秘秘的，一看就沒好事。

★◎★◎★◎★◎

所謂的神廟，造型與莫忘想像中的差不多，非常類似於古埃及的石造建築物，只不過它通體是白色的，不管從任何角度看都像是「神」存在的地方，而非「魔」。

穿過氣勢恢宏的大門與平坦廣闊的露天庭院，莫忘跟隨著艾米亞走入了神廟的主體——神殿之中。

這座神殿建築似乎是圓形的，其上有著高而巨大的穹頂，鑲嵌著大塊大塊的彩色，透過它雖然看不清湛藍的天色，日光卻毫無阻礙的照射了進來，且投下的光明居然依舊是潔白的，這使得整座神殿的內部顯得光明而莊嚴。

兩邊的柱子上雕刻著不知名的圖案，大概是魔界的歷史？或者魔神的由來？不熟悉這裡歷史的莫忘看不太明白。

而白色道路的盡頭，一位穿著紅色長袍的老者正靜靜站立在高臺之上，彷彿在等待著他們的到來。

【那是……】

莫忘下意識想打手勢，一出手卻又發現自己的行為與這裡彷彿格格不入，一時之間有些尷尬，也不知道要不要繼續下去。

艾米亞歪頭注視著她，突然笑了。

等到兩人終於走到了高臺邊時，莫忘才發現這座臺子居然是兩層，老者正站在最上一層，而他們……似乎要站在下一層？

終於走上去後，艾米亞輕輕彈了下手指。

驀然之間，神殿之中居然變得熱鬧了起來。

無數熟悉的身影紛紛從兩邊的通道和正門之外走了進來，莫忘驚愕的發現，其中除了莊園的人們外，居然還有傑斯大叔一家！

她看不清他們的表情，卻直覺現在的情況很不對勁。

【這到底是……】

艾米亞對她露出了一個溫柔而寵溺的笑容。

「今天是我們結婚的日子，當然要請他們來。」

【結、結婚？】被騙了！

莫忘下意識的想要離開，卻被某人一把抓住，緊緊的固定在懷中。

臉上依舊保持著微笑的艾米亞在她耳邊輕聲說：「既然進入了神殿，就說明我們的婚姻已經初步得到了魔神大人的認可，只差締結契約了。如果現在逃跑的話，就是瀆神，妳和妳的親人都可能會死。」

「……」

他含笑看著她，「妳真的會這樣做嗎？」

「……」卑鄙！

「又想要抽我的耳光嗎？」艾米亞低聲笑了起來，「沒關係，回去可以讓妳抽個夠。」

「……」為什麼要這麼做？不是約定好了嗎？為什麼要違反約定！

「是想問我為什麼要違反約定嗎？妳的眼神還真是什麼都藏不住。」艾米亞嘆了口氣，緩緩的說道：「不說清楚妳是無法死心的吧？好吧，魔神大人在上，我承認自己撒了謊，檢測出『是否懷孕』的時間是十五天而並非是二十天，書房裡有關於此事的書，也是我使用魔法讓它們暫時『消失』。」

他的話音頓了頓，似乎有些失望的說：「其實那魔法並不複雜，所以五天前我就已經悄悄對妳使用過了，結局很讓我失望。」

「……」所以說，既然都得出了那樣的結論，為什麼還要做這樣的事情？

艾米亞無奈的看著近在咫尺的女孩，兩人的姿勢在其他觀禮人的眼中，簡直像是親密的交談，雖然實際情況完全不是那麼一回事，甚至可以說恰好相反。

「真傻啊，當然是因為我知道妳一定不會嫁給我，才做出了這樣的事情。」艾米亞輕輕的撫摸了一下女孩的臉，又點到即止收回了手指，接著說道：「雖然如此，但是我完全無法想像我的孩子會誕生在不是妳的其他女人的腹中……所以，親愛的未婚妻，請原諒我小小的任性吧。」

他緩緩的鬆開她，一隻手卻還拉著她的手臂，「作為報答，我會將自己的後半生全數奉獻給妳。」

「……」他到底要自說自話到什麼時候？！

「生氣了？好吧，魔神大人在上，我再小小的退讓一下好了，如果妳實在不想答應的話就說個『不』，我就會同意終止這場婚禮，而什麼都不說的話就表示妳答應了。」

「……」

莫忘一把甩開他的手，踉蹌著後退了兩步。

今天之前，她只以為他是個普通的變態；直到今天，她才發現他居然是個臉皮厚到了極點的變態。

【如果我說了『不』，你真的會同意嗎？】

「當然，我剛才可是以魔神大人為名發誓，可信度百分百。當然，前提是『說』。」而不是比手勢。她真的明白他的意思嗎？

「好了，別掙扎了，就這樣到我的懷裡來不好嗎？」艾米亞一邊說著，一邊再次伸出手抓住了女孩的手腕，轉過身對神官說：「請開始吧。」

老者點了點頭。

就在此時——

「不！」

「……」艾米亞的眼眸驀然瞪大，他不可置信的轉頭看去，「什麼？」

「我說不！！！」

「艾米亞．克羅斯戴爾，我拒絕和你締結婚姻！！！」

「妳會說……」

下意識出口的話音被女孩髮色的變化打斷。

從開口的那一瞬間，變形的魔法就被強行打斷了，莫忘索性終止了魔法道具的使用，當它不再源源不斷吸收她的魔力，她的身上自然而然散發出了某種奇異的威勢。

在場的所有人都感覺到，在某一個瞬間，神殿顫慄了起來。

這顫抖很快就平息了下去，人們心中的波瀾卻剛剛湧起。

艾米亞不可置信的注視著女孩的髮色，漆黑如夜色，卻又彷彿閃爍著星光般閃耀的光澤，這絕不可能是染色而來。

後者的猜測沒有錯，在那一日，他的的確確對「魔王」驚鴻一瞥，但也只足夠他看清那明顯屬於女性的體型，緊接著，魔法陣的連接便斷開了。

緊接著，追捕便開始了。

女性，黑髮，魔力強大。

在長期以來未得到結果的情況下，他也大致猜到了她以某種方式隱藏了起來，但這種可能性無疑很低，更大的可能是她已經逃回了另一個世界。

然而，艾米亞自始至終都沒有想到，這次的新任魔王是超級缺乏常識的「新兵」，甚至連這個世界的文字都需要現學。

所以，當棕髮的女孩成為莊園女僕時，他並沒有抱太多的警戒心，因為和他所想的魔王差別實在是太大了。笨拙、啞巴、不識字、沒有任何魔力，不管哪一點都不足以引起警惕，卻沒想到……

他自以為成功的將她騙來了這裡，卻沒想到，自始至終她才是最大的那個騙子。

艾米亞緩緩捏緊放在身側的雙手，一字一頓冷聲說：「妳欺騙了我。」

「……是的，我欺騙了你。」事到如今，莫忘知道自己已再無退路，反而鎮定了下來，她回答：「但這一切事件的源頭是你，我說的沒錯吧？」

一邊說著，她一邊微微後退，緩步走下了平臺。

「這是妳的報復嗎？」

「不。」她搖了搖頭，「我沒有想過要報復你。」

「妳還真是了不起，謊言張口就來。」什麼代表著一切美德的魔王陛下，原來只是這種貨色嗎？還真是讓人覺得驚喜。

「隨便你怎麼想。」莫忘冷靜的回答，「就算看在艾斯特的面子上，我也不會對你做出什麼過分的事情。」

那個時候，艾斯特寧願選擇自己去死，也不願意傷害眼前的這個人。而這段時間的親身接觸也讓她很清楚，艾米亞並非仇視自己的哥哥，恰恰相反，他很重視對方。

「哥哥？」艾米亞愣了愣，隨即，臉上嘲諷的弧度加大了，「也是妳，他為了妳可以拋下我，妳也為了他可以……」

「你想太多了！」莫忘深吸了一口氣。說到底，這是他們兄弟之間的問題，她不該過多干涉，但是該說的事情她還是應該說清楚的，「這個世界和我所處的世界，時間的流速有差異，而且很大，幾乎達到了一比十。」

「……妳什麼意思？」

「這件事也是我來到這個世界後，過了很久才發現的，我想他並不知情。」

「……」

這算什麼？如果真是這樣的話，那他所做的一切究竟算什麼？接受誘惑加入了那個完全與哥哥意志相反的組織，並且利用自己的血液對他下了那樣的詛咒，哪怕狠心將哥哥暫時變成傀儡也不過只是想把他強行帶回來……

如果一切都只是個誤會，那麼他所做的事情究竟意義在哪裡？

不，他此刻存在於這裡的意義究竟在哪裡？

艾米亞踉蹌後退間，猛地搖頭道：「我不信！」

如果接受了這樣的事實，就彷彿否定了自己的一切，這種事情……這種事情……

「我知道你不會相信我。」莫忘驀然察覺到了什麼，這突如其來的心靈感應般的神奇感受，讓她心中不自覺的浮起許多喜悅，無意識間，她的右手自身側平舉了起來，「那麼，讓他親自對你說如何？」

「什麼……」

幾乎是同時，莫忘手掌所向的地面綻放出了璀璨的藍色光芒。

千萬個光點如同找到了家的孩子，爭先恐後的簇擁在一起，盡情感受著「同族」的溫暖，而這種看似忙亂的擁擠中卻蘊藏著有序。

很快，一個熟悉的魔法陣出現在了莫忘的身旁。

藍光越盛間，其中的身影也漸漸清晰——那是一位青年。

一隻形態宛若鳳凰的紅色飛鳥自魔法陣的下方展翅飛出，仰天長嘯了一聲，隨即身形縮小成了一隻絨毛小鳥，火紅的羽毛紛飛間，落到了這位青年的身邊。鳥兒用扁平的喙狠狠啄了青年的小腿一下後，氣哼哼的休息了起來。

莫忘愣了，「這個是……」新角色？

「可以溝通任意空間的聖獸『尤雅』。」不知何時已然單膝跪在她面前的青年——艾斯特輕聲解釋道，「不過，多虧您用魔力指引了方向，否則我們恐怕還會在空間亂流中再迷路一段時間。」

莫忘歪頭，有些不解。不過，雖然不知道她自己實際上做了什麼，但聽起來似乎很厲害的樣子，所以……可喜可賀？

等等——

「你們？」這麼說來的人……

「是的。」艾斯特點了點頭，回答：「因為亂流太過迅猛，我們被迫分開，但既然有陛下的魔力和尤雅作為指引，很快大家就會彙集而來。」

「那就好。」莫忘鬆了一口氣，雖然看到他們心裡很高興，但如果這些人因為救她而發生了什麼意外，那她就罪過大了。

緊接著，她轉而問道：「艾斯特，你的身體已經沒事了嗎？」

「因為您的仁慈，屬下已經徹底康復了。」

「不用這麼客氣啦……」莫忘撓了撓臉頰，歪頭指向一旁那位表情凝滯的「二少爺」，再問艾斯特：「看看那是誰？」

「……」

艾斯特緩緩站起身，眼神複雜的注視著不遠處的親人——艾米亞的變化似乎很大，但他始終不明白，為什麼艾米亞要做出這樣的事情呢？

但緊接著，他發現了另一件不太對勁的事情。

「神殿……陛下您的衣服……」這明明是……

「唔？啊，這個呀……」莫忘提了提裙襬，笑著說道：「你弟弟騙我結婚來著，不過我沒上當。」

「……」艾斯特的氣息一窒。而後，他微微躬身，「陛下，請允許我和那個無禮的蠢貨單獨談一談。」

「嗯，沒問題！」

——不過……你確定真的只是「談一談」嗎？身上的寒氣都要具現化了好嗎？算了，喜聞樂見有木有！

在艾斯特將自家弟弟拎走的下一秒，又一個身形出現在了魔法陣中。

這位仁兄可不得了，人家是左青龍、右白虎，他是左白狗、右白貓，頭頂白老鼠，腳踏小黃鳥。

然後……

石詠哲叫了聲：「嘶！你做什麼？！」

「居然敢踩我，撞殺！！！」

「喂！！！」

莫忘滿頭黑線的注視著被啄到滿地打滾的少年，「他到底是來做什麼的？」

非常明智閃到一邊的小夥伴三人組紛紛發表意見——

白鼠：「來丟人的。」

白貓：「我同意尼茲的看法。」

白狗：「我睡會……」

莫忘：「……」這三隻也好不到哪裡去吧？

好一會兒工夫，滿頭大包的少年才站起身來，走到努力抑制住笑容的女孩身邊，一拳頭就砸她腦袋上了。

「嗷！」莫忘淚流滿面的抱住頭，「你做什麼啊？」

「妳說呢？」石詠哲看她這「不知悔改」的樣子，一生氣又砸了一下，「做事情之前不知道先和我商量一下嗎？把自己弄丟到這種鬼地方，妳還真有本事！」

知道他有多擔心嗎？知道她可能會有生命危險的時候，他心臟差點都停了好嗎？！現在居然一臉「我不知道自己錯在哪裡」的表情，真想好好收拾她一頓！

莫忘乖乖低頭認錯：「……我錯了。」

「大聲點。」

「我錯了！」

「哼，要真的知道才好。」石詠哲卻明顯不肯輕易原諒她。

「……」他到底是想怎樣啊？

不過莫忘也知道是自己犯了錯誤，她輕咳了聲，扯了扯自家小竹馬的衣袖，「我知道錯了還不成嗎？頂多下次提前告訴你囉。」

「妳還想有下次？」瞪！

「沒有……」莫忘望天，「但你如果再這麼凶，我很難保證啊……」

「喂！」

「嘿嘿嘿……」

「話說回來……」石詠哲皺眉看著盛裝打扮的莫忘，雖然……咳，是挺可愛沒錯，但不知為何，他發自內心深處的討厭這身衣服。石詠哲自己也不知道這是為什麼，但他覺得自己必須弄清楚，「妳這身誇張的衣服是怎麼回事？」

「這個嗎？」怎麼他們的關注點都在這裡？莫忘提起裙襬，很老實的回答：「似乎是這個世界的婚紗吧。」

「婚紗？！」

「嗯。」

石詠哲整個人都不好了，「妳好好的穿婚紗做什麼？！」

「被那個傢伙騙的，他原本說帶我來檢測有沒有懷孕，結果……」

「什麼？！」石詠哲瞬間整個人暴走，他雙手按住莫忘的肩頭，「那個混蛋是誰？！」這才幾天，下手也太快了吧喂！去死去死去死去死去死！

「就是正被艾斯特……」

「我也去！」

「等……」

莫忘正準備阻止，卻被人攔住了，她愕然的發現，不知何時剩餘的三位守護者也出現在了魔法陣中。

格瑞斯凜聲說道：「陛下，請安心，我會好好教訓那位無禮之人！」

莫忘呆住：「咦？等……」

「賽恩、瑪爾德，我們上！」

賽恩大喊一聲：「好的，格瑞斯前輩！」

瑪爾德猶豫了一下，問：「……我也要一起嗎？」

「走了，瑪爾德前輩！」

莫忘：「……」什、什麼情況？

雖然不太明白，但是……艾米亞那傢伙似乎真的要倒大楣了……這一定不是她的錯！

就這樣，「婚禮」現場變成了圍毆現場。

莫忘默默的在胸前畫了個十字後，開心的跑到了一旁。咳，原本以為再次見面她會被大家各種吐槽，現在看來艾米亞這傢伙成功的替她拉了仇恨，很好……他是個好人！

於是，悲劇的弟弟君又收到了一張好人卡，真是喜聞樂見！

莫忘就這樣一路笑著退回了圍觀的人群中。

「……」

「……」

相顧無言，唯有小點點千行。

艾米亞這傢伙非常任性，想到什麼就做什麼，雖然發了訊息給自家父母，卻沒等他們回來就舉辦了婚禮。自家人尚且如此，就更別提其他人了。所以在場的觀眾幾乎都是莊園中的路人甲乙丙，以及某人心懷叵測而特地請來的傑斯一家。

這群人和始作俑者一樣，到現在都很難接受「凡賽爾＝魔王陛下」的事實。

以至於氣氛一時之間尷尬了起來。

最終，還是訓練有素的哈麗最先反應了過來：「……陛下，您是否有什麼吩咐？」

其他人在她的帶領下，紛紛行起了最隆重的禮，甚至有人「啪嘰」一下跪了下去。

莫忘：「……」

其實這也不能怪他們，畢竟這個國家已經三十年左右沒出現過魔王了，即便出現，普通民眾也未必能見到。相較而言，哈麗算是其中的幸運兒，在她不滿十歲的時候，曾有幸隨老爺——艾斯特的父親——見過魔王一回，當時她也如現在的其他人一般手忙腳亂，不知該做什麼才好。

好在那位陛下十分和藹，不僅微笑著寬恕了她的失禮，還揉了揉她的頭，將一把糖果塞入了她的圍裙口袋中。

這件事直到今天她都記得非常清楚，她的房間中甚至悄悄收藏著一個價格不菲的魔法道具，作用是保持物品的新鮮，而裡面裝著一些彩色的糖果——雖然在她能花得起錢買道具時，它們早已過期了。

如果說艾米亞是「反魔派」，那哈麗則是隱藏在暗處、從未表現出來的「挺魔派」。

但即便如此，她也從未想過，眼前這個嬌嬌小小、脾氣溫和，最初有些笨拙但上手後進步很快的少女，會是主宰著整個國家命運的那個人。

——明明怎麼看……都還是個孩子啊……

與此同時，被嚇了一大跳的莫忘連連擺手解釋：「沒、沒什麼，我就是過來站站……咳，怕他們打到我。」

眾人：「……」

「你們也往後站站，拳腳不長眼啊。」

哈麗抽了抽眼角，努力讓自己無視掉那邊被揍的正是自家二少爺，而下手最狠的則是自家大少爺——這到底是個什麼亂七八糟的情況？

不過，她原本就不贊同二少爺「騙婚」的行為，可惜身為僕人也無力阻止，現在看來他還真是惹出了大麻煩。

——強娶魔王陛下什麼的……不過有大少爺在，至少不會出人命。

心裡暫時定了下來的哈麗和眾人一起後退了幾步，接著就見女孩一把扯下了固定在頭上的小帽子，而後長長的舒了口氣，「重死了。」

「陛下。」哈麗伸出雙手。

「啊，謝謝。」

莫忘將帽子遞了出去，抓了把自己被弄得捲捲的頭髮，不習慣之餘還有點小臭美。咳，越不想做的事情就越想做，對於她這種乖乖牌學生來說，在高中畢業之前想必是沒有做捲髮的可能了，所以這應該算是個意外的驚喜。

莫忘左右看了一眼，發現除去這群人之外，不遠處的某根柱子後，幾個人正孤零零的站在那裡，看起來很有些蕭索。

她連忙提起裙子跑了過去。

「傑斯大叔、卡莎大媽、洛爾、安迪，那傢伙沒有對你們做什麼壞事吧？」她可不認為他們是被正常「請來」的。

「……」年長的女性怔愣的看了她片刻後，突然膝蓋一軟，「……妳是魔王陛下？」

「呃……」一把扶住對方的莫忘一時之間不知道說什麼才好，她很有些尷尬的撓了撓臉頰，「大概……是吧？」

「大概？」

「因為艾斯特……呃，就是那個壞蛋的哥哥說我是，其實我自己也沒什麼真實感啦！」莫忘解釋說。

「我可憐的凡賽爾……」大媽瞬間飆出了眼淚，「幸好是這樣，否則妳得受怎樣的苦啊！我當初就不該同意妳去為那個壞蛋工作！」

「……」重點……不對吧？不過，這樣似乎也挺好的。莫忘笑著點了點頭，「是啊，我就該聽妳的！」

「那個可恥的壞蛋還騙人說妳要見我們，結果卻……」

「……他沒有動用什麼暴力手段吧？」

「這倒沒有。」

「那就好。」莫忘鬆了口氣，不管怎樣，沒人因為她受傷真的是太好了。

「不過真沒想到，偉大的魔王陛下居然曾經和我們住在同一個屋簷下，那可真是……」卡莎大媽一臉憧憬的說，「也許我們家可以變成收藏館？」

莫忘：「……」喂喂……

傑斯大叔爽朗的笑著補刀：「這主意不錯，我們可以把凡賽爾……不，陛下用過的東西都拿出來展覽，十金幣一看。」

莫忘：「……」她該說自己值錢還是便宜？嗯？

所謂「富者越富，貧者越貧」，這個世界也接受著這個定理的統治，對於平民來說，十金幣是很大的數額，但對於有錢人……起碼莫忘覺得艾米亞那傢伙絕對不在乎這錢，而她……嗯，如果把這裡的錢換算成自己國家的幣值，估計才能有點真實感。

不過讓莫忘覺得開心的是，兩兄弟並未補刀。

洛爾姑且不說，擅長和她作對的安迪也這樣真是太好了，果然是禮物送對了嗎？

她想了想，彎下腰對小正太說：「安迪，想去學校嗎？」

原本彆彆扭扭側頭站著，時而偷看的男孩眼睛瞬間亮了，「……學校？」

「嗯！」

「可以……嗎？」

莫忘笑著說道：「如果你能達到入學要求……」

「我會努力的！」

莫忘笑了笑，敏銳的阻止了卡莎大媽的道謝：「不用和我客氣，你們幫助了我那麼多，能為你們做一點事情，我也很開心。」

「那可真是……」

傑斯大叔一把捂住自家老婆的嘴，制止了她脫口而出的道歉話語：「凡賽爾，不會給妳添麻煩嗎？」

「不會啦。」莫忘笑著轉頭看向一旁的少年，「洛爾，謝謝你這段時間對我的照顧。」

洛爾搖了搖頭，有些公式化地回答道：「陛下，能為您效勞是我的榮幸。」

「呃……」莫忘愣了愣，一時間不知道該回答什麼才好，最終只能說：「不管怎麼樣，真的非常感謝你。」

「……我……」

洛爾張了張口，有些欲言又止，就在此時——

「陛下！」

莫忘連忙回過頭：「什麼？」而後鬆了口氣，「阿哲，你們終於打完了嗎？」

依舊滿臉不爽的石詠哲捏了捏拳頭，「妳要是覺得不夠，我很樂意再來一次。」

「……」喂喂，這傢伙到底是有多暴力？

「還發什麼愣？過來啦！」石詠哲一邊說著，一邊自發的朝女孩走去。

「……我知道了，凶什麼嘛。」莫忘低低的抱怨了一句，卻還是回頭禮貌的向傑斯大叔一家人道別後，提著裙子一路朝對方所在的方向小跑了過去。

「那個孩子……也是魔王嗎？」卡莎大媽愣住，「他的頭髮……」也是黑色的，嗯，雖然沒有女魔王陛下的髮絲那樣漂亮，在光照下會微微呈現出淺棕色的感覺。

「誰知道呢？」傑斯大叔看了眼自家人，笑著說：「這就不是我們能參與的事情了。」

「可是……」

「那邊是那邊，這邊是這邊。」這位一家之主聳了聳肩，「好了，回去吧，我們依舊是凡賽爾的家人，但僅限於她是凡賽爾的時候，因為她只能偶爾是，明白嗎？」

卡莎大媽扶額，「……我有點暈。」

「哈哈哈……」

相扶相持的一家人就這樣離開了神殿。

不遠處的莫忘若有所感，側首間，微笑的注視著他們的背影。

艾斯特輕聲問：「陛下，怎麼了？」

「啊？不，沒什麼。」

石詠哲鄙視她：「笨蛋，妳的表情可不是『沒什麼』的樣子。」

「嘿嘿，那回去以後慢慢說給你們聽，嗯，本魔王大人的漂流記！」

小竹馬吐槽她：「那種超級了不起的口氣是怎麼回事？妳根本只是自己把自己弄丟了再被人找回來吧？」

「……喂！」那種超級蠢笨的口氣是怎麼回事？！

★◎★◎★◎★◎

這一大票人幸好沒有將神殿弄了個天翻地覆。

事後，莫忘和石詠哲直接留在了艾斯特的家中，格瑞斯這個失蹤已久的大少爺暫時回家，而賽恩據說去找他的哥哥，至於瑪爾德——這個自稱「無家可歸的流浪人」也和他們一起住進了莊園。

當然，那群坑爹的動物也是一樣。

莫忘深切的懷疑，等他們離開時，艾斯特的家真的不會被拆掉嗎？

不過，這似乎不該是她目前所該擔心的事情。

第六章

魔王守護者是怪人？

「加、加冕？？？」

沒錯，莫忘完完全全被這個消息驚呆了——加冕登基什麼的……她沒聽說過啊！

「是的。」單膝跪在他身前的艾斯特表情萬年如一日的鎮定，「您既然已經歸來，當然應該登上屬於您的寶座。」

「……我還要回去的，起碼大學畢業之前我不考慮工作的事情。」尤其工作還是坑爹的當魔王啊！

艾斯特無語了片刻，但緊接著就解釋說：「那並不是阻礙，陛下，在您願意接受之前，國家的事務可以讓專人打理，但是人們需要信仰，他們已經等待了三十年。」

「……」

「這個世界需要您。」

「是需要魔王陛下吧。」

艾斯特抬起頭，深深的注視著靜坐著的嬌小女孩，認真的說：「毋庸置疑，我……們需要的就是您。」

「我覺得自己並沒有那麼重要。」

「陛下……」

莫忘打斷了他的話：「抱歉，能給我一點思考的時間嗎？」

「……我知道了。」

那一場對話，最終以此畫上了句點。

★◎★◎★◎★◎

是夜，莫忘趴在新房間的大陽臺上，仰頭注視著天上的月光，情不自禁長嘆出聲。

「哎……」

「好好的唉聲嘆氣做什麼？」

左側突然傳來了這樣的聲音。

莫忘扭頭一看，發現石詠哲原來就住在隔壁房間，而他們的陽臺只相隔了一點點距離，她不自覺的就笑了：「好巧啊！」嗯，各種意義上都是。

「……」其實已經蹲守很久了，但他會說嗎？明顯不會！

「阿哲。」

「什麼？」

「你說我該當魔王陛下嗎？」她輕聲問。

「不管該不該，妳都已經是了吧？」

「……說的也是。」莫忘不得不承認這一點，某種意義上說，她已經享有了「魔王」的好處，卻又在猶豫是否該承擔責任，真心是卑鄙過頭了。但是，即便清楚的知道這一點，決心也不是那麼容易就能下的，「可是我有一點害怕。」

「害怕？」

「嗯……」莫忘再次嘆了口氣，「我真的能夠擔負那一切嗎？我……我連最普通的職業都沒有做過啊。」不對，除去學生外，她還做過一段時間的女僕，但那和「魔王陛下」相差十萬八千里吧？

「妳會不會想太多了？」石詠哲也趴在陽臺上，歪頭看她，「那傢伙不是說了，國家的事務可以讓專人打理嗎？而且妳也不會長時間留在這裡，偶爾週末來一下就好吧？」

「雖然是這樣說沒錯，但是……完全不管也很有問題吧？」莫忘撓了撓臉頰，有些困擾的說：「甩手掌櫃什麼的……會不會太過分了？」

石詠哲攤手，「我說啊，比起胡亂插手搞破壞，新手還是明智的選擇旁觀比較好吧？」

「……也對。」

「而且，這個國家的情形似乎還不錯，雖然已經三十年沒有出現魔王陛下，但是——」因為事關自家小青梅，所以勇者大人可是有好好做功課哦，「一直較為穩定，沒有戰亂，人民的生活也有保障。唯一稱得上是煩惱的，就是那些認為『魔王陛下』不需要的傢伙吧？」

莫忘點了點頭，「……嗯。」

也就是誘惑艾米亞加入他們的那個神秘組織，艾斯特現在在調查對方的動向，不知道什麼時候能得到結果。

「他們要是失敗了，妳至少不會接手一個爛攤子；他們要是成功了，妳正好甩手不幹，到時候我讓尤雅把兩邊空間的通道封閉再加固，完全沒什麼好擔心的吧？」

「……你想得很多。」莫忘表示自己被她的小夥伴驚呆了。

石詠哲扶額，「是因為妳腦袋空空的什麼都不想吧！」否則他怎麼會擔心到這種地步？真是的，明明他在這個世界的身分應該是她的敵人才對吧？……算了，這麼笨的魔王陛下也算是千古難尋，應該好好愛護。

「不知道怎麼……聽了你說的話後，我突然覺得有點信心了。」

石詠哲歪頭，發現穿著白色蕾絲睡裙的小青梅正雙眸閃閃發亮的注視著自己，那漆黑明亮的瞳孔中映著皎潔的月光——都是月亮惹的禍！——讓他的心跳又有些加速。他輕咳了一聲，也許是這月光給了他勇氣，他居然很厚顏無恥的問了句：「有獎勵嗎？」

莫忘噗的一聲了出來，「有啊！」

「……」還真有？石詠哲可憐的小心臟再次遭遇考驗，「什、什麼？」

「嗯。」莫忘摸下巴，「回去後我就不向石叔告狀了。」

「……哈啊？」

「你不會忘記自己今天打了我吧？」莫忘伸手揉了揉自己的腦袋，「哼，都長包了。」

「……」喂，這個發展不對吧？不是至少得親一下他的臉頰說「阿哲你好厲害」嗎？為什麼會這樣啊……為什麼啊？啊？！

可惜莫忘完全沒聽見小竹馬心中的悲鳴，隨即抬起手對他擺了擺手說：「那我去睡了啊，晚安！」

「等……」

莫忘回頭看他，「還有什麼事嗎？」

「呃……沒……」

「嗯嗯，那我去睡了，你也早點休息哦。」

「……嗯。」石詠哲徹底呆滯。

眼看著小青梅的背影徹底從陽臺消失，石詠哲真是悲從中來不可斷絕，他無力的趴在欄杆上，重重的嘆了口氣：「哎……」

「這麼好的機會都被放棄了，真是廢柴。」白貓不知何時溜到了他的腿邊，不遺餘力的表達著自己的鄙視。

石詠哲：「……」

「同感。」正抱著點心盒大嚼特嚼的白狗翻著死魚眼，很沒有節操的說：「這種時候就應該伸出手那麼一推，然後這樣這樣那樣那樣，嘖嘖嘖。話說這點心真好吃，我可以跳槽去和魔王簽訂契約嗎？」

石詠哲：「……」

白鼠尼茲敏捷的跳到了欄杆上，推了推眼鏡，默默的從懷中掏出一本書，「《泡妹三十六計》，要看嗎？不過作為交換，你使用時我想在一旁記錄效果。」

石詠哲：「……」

一隻絨黃小鳥不知何時撞到了他的背上，「徹底拋棄了勇者尊嚴的傢伙，撞殺！！！」

石詠哲淚流滿面的抱住欄杆，「喂！你是真的想殺死我嗎？喂！！！」

今日的小夥伴，依舊坑爹！

★◎★◎★◎★◎

而此時的莫忘也是淚流滿面：阿哲那傢伙也太吵了吧？不過，他那四隻所謂的「聖獸」也真的是……咳！人艱不拆！（注：「人生已經如此的艱難，有些事情就不要拆穿」的簡化詞）

在床上翻滾了兩圈後，莫忘悲哀的發現，睡不著之餘，自己居然還有些餓了。想了想，她直接跳下床，因為天氣並不冷的緣故，她只簡單拿起一條海蒂送的披肩裹了下，就穿著拖鞋躡手躡腳的出了房間，目標——廚房！

託曾經在這座莊園「打工」的福，她非常熟悉地形，不過片刻就到達了目的地，而後驚訝的發現裡頭居然已經有了「先行者」。

「……哈麗女士？」

「陛下？」表情嚴肅的女僕長哈麗不愧訓練有素，怔愣之餘依然一絲不苟的行禮，「您是來這裡……？」

「啊哈哈，我好像有點餓，有東西吃嗎？」

「這些可以嗎？」哈麗一邊說著，一邊打開了烤箱，濃厚的香氣瞬間溢了出來。

「哇，好香！」莫忘有些貪婪的吸了吸鼻子，口水差點都流了出來，「怎麼會做到這麼多啊？」

「因為少爺還在辦公，所以……」

「艾斯特？」

艾米亞已經被他哥哥囚禁了起來，所以能辦公的毫無疑問是前者。

「是的。」

「哎？這麼晚還不睡啊……」莫忘想了想，笑著說：「那我送過去給他吧！」順帶再問問他的意見和看法。

哈麗當然沒有任何意見。

片刻後，莫忘動作熟練的端著小托盤走到了艾斯特的房間門口。

「咚咚咚……」

「進來。」

莫忘輕輕的打開房門，發現同樣身著睡衣——似乎還是她前幾天洗的那件？——的青年正坐在窗邊的桌椅上。

因為是側對著她，而且沒有抬頭的緣故，青年並未注意到來人是誰，只聲音清冷的說道：「哈麗嗎？東西放在桌上，然後妳就去休息吧，熬夜對身體不好。」

「……」已經忙成這個樣子嗎？那她果然還是不要打擾比較好吧？

走近後莫忘才發現，那些擺放在桌子上、與艾斯特風格非常不符的玩偶並沒有被拿開，反而被仔細的放到了遠離墨水瓶的地方——這裡還真是到處都充滿了兄弟倆的痕跡。

「……陛下？」

艾斯特這才發現來人是誰，他連忙摘下鼻梁上的眼鏡，想從椅子上站起身，卻被莫忘一把按了下去。

「別起來，我不是故意來打擾你的。」

「……您怎麼會打擾到我。」

「……」這傢伙真是越來越會拍馬屁了，天賦技能在提高啊！感受到一小點無語後，她接著問道：「在做什麼？」再一看，書封很眼熟啊，「日記？」

艾斯特愣住，「陛下您怎麼……」

「啊哈哈……」莫忘淚流滿面，糟糕，一時嘴快就暴露了，她唯有實話實說：「之前打掃這個房間的時候，咳，我不小心發現了放在衣櫥裡的……」

艾斯特臉色微變，「房間是陛下您打掃的？」

「嗯。」

「艾米亞！」哥哥君咬牙說道，「他怎麼敢……」

「別這樣……反正你已經收拾過他一次了，算了、算了。」

「但是……」

「反正你都幫我打掃了那麼多次房間，我幫你打掃一下也很正常啊。」莫忘笑了起來，眨了眨眼睛，「而且因為這個，我現在做家務超快速哦！還會烤小餅乾呢，厲害吧？」

「嗯。」艾斯特誠心誠意的點頭，「很厲害。」說著，他的目光落到了精緻的小碟上。

「啊，別誤會，今晚這個不是我做的，茶也不是我泡的，我只是順帶端來而已。」

「……這樣啊。」

「……」喂喂這種失望的語氣是怎樣啊？她做了什麼壞事嗎？做了嗎？她扶額，不對，特意過來不是為了說這個啊！而是——

「對了，艾斯特。」

「什麼？」

「我……果然不確定自己是不是能承擔起那份責任，就算這樣也沒關係嗎？」

莫忘說完後，心中很有些忐忑不安，會得到艾斯特失望的表情嗎？

然而，出乎她意料的是，艾斯特居然笑了。這是一個溫柔至極的笑容，以至於小小的魔王陛下甚至愣住，緊接著，她聽到他說：「陛下，我們就是為此而存在的啊。」

莫忘呆呆的注視著自己被拉著貼到對方胸前的手，感受著其下沉穩而有力的心跳，下意識重複：「為此而存在？」

「是的，我等守護者就是為此而存在的。一切讓陛下覺得困擾的事情，全部丟給我們也沒關係。」

「……不會覺得麻煩嗎？」

「應該說，這是難得的榮幸。」

聽到這樣的回答，莫忘沉默了。而後，她再次問：「艾斯特，你很希望我登上王位嗎？」

艾斯特也沉默了，緊接著他回答：「這是所有人的期望。」

這無疑是個狡猾的回答，但是他卻不得不做出這樣的回答。如果是以前的自己，明明可以毫不猶豫說出肯定的答案，可現在……真的要讓她站在所有人的面前嗎？真的要讓所有人直觀她的美好嗎？再然後，他能夠為她做的也會越來越少，甚至不可能再居住在同一個屋簷下，這真的是他所期望的嗎？

是的，是的，它必須是。

他如此說服自己。

是以往的生活太過美好，以至於他不小心就貪婪了，尋求太多不是一件好事，那會讓人陷入欲望的沼澤。

他必須及時抽身而出才可以，否則會……

好在，女孩沒有注意到他那小小的謊言，只是再次重複說：「所有人的期望？」

「是的。」艾斯特努力抑制著心口那一聲聲「不是這樣」的低吼，輕聲說：「請您站在最高處，讓所有人都知道——這就是我們等待許久的魔王陛下。」

「……我會怯場。」

「沒關係，我……我們都在您身後。」

「……我也許會讓其他人失望。」

「這種事情不可能會發生。」艾斯特的語氣充滿了篤定的味道，「無論是誰見到您，都會自內心深處萌發出臣服的衝動，誰也不會例外。」

「……你的說法也太誇張了。」莫忘有些不好意思的抬頭望天，「萬一有人看到我就煩怎麼辦？」

「我會讓他沒辦法再煩的。」

「喂喂，你是想做什麼危險的事情啊？！」莫忘被這傢伙陰暗的話語嚇了一大跳，再搭配上他面癱的表情……她忍俊不禁道：「嗯，那就全部交給你了啊，艾斯特！」

「是，陛下，必不負所託。」

莫忘點了點頭，突然想起了一件事，「哦，對了，有件事我要向你道歉。」

「？」

「之前因為意外，不小心看到了你日記的最後一篇……當然，我絕對不是故意的！」莫忘雙手合十，露出抱歉的表情，「真的非常對不起！」

艾斯特的回答果然和莫忘所想的那樣：「陛下，您無須這樣。」說完，他直接拿起了桌上的日記，遞到莫忘的手中，「您想看的話，隨時都可以。」

「……我不是這個意思。」某種意義上說，這傢伙的理解力也真讓人拜服……等等，「那艾斯特你在那個世界時，也寫了日記嗎？」

「是的。」

「……」這傢伙是小學生嗎？

「咳，陛下，我隔幾天才會寫一回。」大概是因為充分理解女孩的心理，艾斯特的眼神有些困窘。

「咳咳，我知道了。」

兩人相視一眼，不自覺的都笑了起來。

原本莫忘還想問關於那個什麼組織的資訊，但現在又覺得，果然還是別說比較好吧？因為一旦說出口，艾斯特的表情又要變得嚴肅無比了。畢竟很少看他笑得這麼開心，而且這段時間已經夠辛苦了，還是暫時讓他休息一下吧。

但是艾斯特顯然體察到她未盡的話音，詢問道：「陛下，您特地前來，是有什麼事想要詢問我嗎？」

「呃……」有、有嗎？啊，對了，是還有一件，「那個瑪爾德，是怎樣的人啊？」

雖然同樣是「守護者」，但莫忘和他並不算熟悉。第一次見面，她就當著他的面被扯到了魔界；第二次見面，他被強拉著去毆人，之後不知道為啥是被賽恩扛回來的；第三……不對，還沒第三次。

唯一有印象的，就是瑪爾德那宛如枝頭嫩葉般漂亮的青色髮絲以及泉水般清澈的聲音。

——嗯，似乎是個很溫柔的人。

「瑪爾德啊……」艾斯特頓了一下，似乎在考慮如何組織語言，「他是一個脾氣溫和的人，不過卻不太好相處。」

莫忘：「……」喂喂，前後兩句話的反差也略大了吧？

艾斯特擰起眉頭，似乎有些犯難：該怎麼向陛下解釋才好呢？而且像這種在背後對他人做出不太正面的評價，也實在讓他不太習慣。

「如果不方便的話……」

「不，不是這樣的，陛下。」艾斯特搖了搖頭，似乎終於想好了該怎麼說，「瑪爾德其實是個非常強大的人。魔族的魔力會因年齡的增長而遞增，而魔力越強，面容的衰老速度就越緩慢，直到魔力開始衰退，人才會逐漸顯露出年老的痕跡。而瑪爾德的年紀，比我們三人要大得多。」

「可是……他不是排第三？」

「……這和他的性格有極大的關係。」艾斯特嘆了口氣，似乎有些惋惜，「我從記事起就聽說過他，而在那時候，人家就已經稱呼他——怪人瑪爾德。」

「怪人？」

「是的。」艾斯特點了點頭，然後不知道從哪裡摸出了一張雕琢細緻、裝飾華美的靠背椅，「陛下，您請坐。」

「嗯。」一聽到有八卦，莫忘立刻從善如流。

「要茶嗎？」

「要！」

哈麗很細心，似乎早已預料到了現在的情形，提前就準備好了兩副茶具。

莫忘踢掉拖鞋，盤腿坐在軟乎乎的靠背椅上，將披肩蓋在腿上，接著手中端好熱呼呼的紅茶，一副「我有很仔細聽講」的乖巧模樣。

艾斯特卻皺了皺眉，不知從哪裡又掏出了一條薄毛毯，仔細的搭在她肩頭上，確定她不會感冒後，才細細述說了起來：「瑪爾德從一出生起，就展現出了強大的魔力，家人和族人對他的期待很高。進入學校後，他成績非常的優異，創下了許多記錄，直到今天有些部分都還沒被打破，可以說是當時的風雲人物。」

「資優生什麼的……」好嫉妒啊喂！「可是，這樣的話，為什麼會被稱為怪人呢？難道大家不該羨慕嫉妒恨嗎？」

「因為實戰課……」

「實戰？」

艾斯特介紹道：「嗯，我們所就讀的學校都是連讀制，與陛下那裡的制度很像，分為初等部、中等部和高等部。初等部的入學年紀最小不得低於五歲，最大不得高於十五歲，只有完成了學業考試，才能順利升學以及畢業，而如果考試失敗的次數達到五次以上，就會被開除學籍。」

「……聽起來好嚴格的樣子。」

「其實並不會。」艾斯特搖了搖頭，「能在那所學校就讀的，不是罕見的天才，就是自小進行魔力的修行，哪怕偶爾會考試失敗，也絕對不會真的弄到被開除的地步。」

「哦，那瑪爾德呢？他不會被開除了吧？」

「不，並非如此。」艾斯特回憶著說：「初等部與中等部是不設實戰課的，在那裡我們只會進行各種基礎理論的學習，弄清楚自己擅長與不擅長的，為進入高等部後除必修科目外的選修課程做準備。」

「聽起來很像大學啊，選修必修什麼的……」

「是的，比如我選擇的課程是史學、劍法以及附魔……也就是如何將魔力運用在武器上等等，而格瑞斯則是重點學習魔力控制以及法陣等方面的知識。」他接著說：「瑪爾德五歲入學，七歲就進入了高等部，這還是因為學校規定『在每個學部至少要進行一年的學習』，否則我估計他當年就可以升至高等部。」

莫忘小小口的喝著茶，感覺自己從嗓子到肚子都暖暖的，她感慨道：「好厲害，這傢伙還真是天才呢。」

「是的。」對於莫忘的看法，艾斯特毫無疑問的持肯定意見，「可惜，進入高等部後，悲劇發生了。」

「啊？」

「瑪爾德的實戰課成績是……零。或者說，如果這門課實行負分制的話，他會負到無窮無盡去。」

「哈啊？」

「百戰百輸，無一例外。」

莫忘驚訝的問：「咦？等一下，你不是說他的魔力很強大嗎？怎麼會……」

「陛下，這是兩回事。」艾斯特低頭思考了片刻，「魔力強不代表實戰也強。瑪爾德他根本無法與他人戰鬥，僅僅只是站到比武場上都會讓他呼吸困難，有幾次甚至暈了過去。」

「……這也太悲劇了吧？不能免修嗎？」話說今天……他不會也是暈過去了吧？

「實戰課是必修課程。」艾斯特嘆了一口氣，「而且可以說是最重要的選修課，因為對於魔族來說，戰鬥幾乎是本能，而瑪爾德……魔神大人在祝福他時給了他天才，卻忘記給予其本能。」

莫忘感慨的說：「好可惜……」

「的確如此。」

「那之後呢？他考試失敗了？」

「不。」艾斯特搖了搖頭，「他之後所做的選擇非常強大，到今天都無人與之抗衡。」

「啊？什麼？」

「他選修了所有課程。」

「……咦？所有的？」

「是的，將近五十門的科目，他全部修習了。」艾斯特的語氣中有些許的讚嘆，「正常人最多只會選擇七到八門，再多就很難兼顧，可是瑪爾德以這種方式證明了自己的天才，並且順利以高分畢業。」

「……真的好強！」

「是的，憑藉這樣的成績，哪怕他無法實戰也沒關係，畢竟現在不是戰爭時期。而所有人都相信，他如果走向純研究方面，將可以獲得很高的成就。退一百步說，就算出去工作，他也可以很輕鬆的找到高級職位。」緊接著，艾斯特的語氣再次微妙了起來，「但是，他的選擇居然是……」

「是？」

「他在王都的郊外買了一大片地，改造成花圃，當花農去了。」

「……」某種意義上說，這傢伙還真是奇才啊！

但緊接著莫忘又疑惑了，問道：「如果僅是這樣的話，還稱不上怪人吧？」頂多是稍微有點……咳咳咳，不走尋常路？

艾斯特從碟子中拿起一塊雲朵形的小餅乾遞給女孩，後者被那烤得恰到好處的顏色與香濃勾人的甜香所吸引，想都沒想就將小餅乾塞到了口中，反應過來時，小餅乾已經默默的滑到了肚中。

莫忘捂著自己的小腹，淚流滿面，這麼晚還吃東西，明天早上醒來的時候會很餓的……

雖然聽起來奇怪了點，但她的確是這樣，晚上吃得越多，早上餓得越快，莫非是晚上睡覺時消化食物用去了太多能量？

「如果僅是那樣，他當然稱不上怪人。但是，離群索居之後，大約是長期不與人接觸、又專門從事種花的緣故，瑪爾德變得不太能與人正常交流。」

「哎？」莫忘回想了下那天第一次見到瑪爾德的情景，「他不是挺正常的嗎？」會向艾斯特打招呼，還會把他扶起來，連發現自己光著身體的時候都很淡定……不，這點似乎略……咳咳咳！

「準確來說，他是選擇性的交流困難。」

「……哈？」

「他只和自己認可的人交流，而在這範圍外的，不管對方做出什麼樣的事情，他都會直接無視。」

「咦？這、這樣嗎？」這樣想來，那天瑪爾德居然向她打招呼了！好榮幸啊有木有！

莫忘驀然有一種「中了五百萬」的錯覺！

「……」

莫忘看著艾斯特，「……你那種欲言又止的眼神是怎麼回事？」盯。

「不，沒……」

「說實話！」指。

艾斯特明顯的猶豫了一下，最終認命的嘆了口氣，「我剛認識瑪爾德時，時而會到他的花圃中去坐一坐，他親手做的花茶與鮮花點心都十分美味可口，我……」

「真的？」星星眼看，「有多好吃？」

「……陛下。」艾斯特無奈了，話題完全歪了吧。

「咳！」莫忘掩飾性的握拳輕咳了聲，順帶悄悄摸了把嘴角，嗯，很好，沒有流口水。她點點頭，指示道：「你接著說。」

「有一次我去拜訪他的時候，剛好碰到他家中的新任管家來，理由是帶他回去……見一見即將定下的未婚妻。」

「哎哎？然後呢？」莫忘的眼睛再次亮了起來。咳咳咳，女生嘛，不管多大年紀，總愛聽這種類型的八卦，理解萬歲！

「他不動聲色的聽對方說了幾個小時後，只回答了一句話。」

「什麼？」

「你什麼時候來的？」

「……噗！」這可無視得真夠徹底的，莫忘笑著問：「他故意的？」

「不，陛下。」艾斯特搖了搖頭，「我認為他是認真的。」不就是因此才讓人覺得哭笑不得嗎——這份完全將人漠視的功力，想必他一生也無法學習到。

而偏偏，被瑪爾德認可的人少之又少，於是……

「還真是夠奇怪的……」莫忘摸下巴，思考了片刻後，又問道：「話說回來，聽起來他似乎是一個不太喜歡接觸人群的人，那為什麼會來做守護者呢？聽起來不是很矛盾嗎？」

「……」

「……你那種再次欲言又止的眼神是怎麼回事？！」

艾斯特欲言又止：「陛下，我……」

「說實話！」

「因為成為守護者可以免稅，而且購買花圃附近的土地也可以打八折。」

「……」

這話，當然不是艾斯特說的，那麼……是誰？

莫忘猛地回頭，只見窗外不知何時居然飄浮著一隻白色的幽靈，風中搖曳的昏黃燭光中，其森然一笑。

「啊！」莫忘被嚇得差點滑落到地上，下一個反應就是抓起桌上的東西朝外砸去。

「陛下——」艾斯特一手接住歪倒的莫忘，另一手快速接住被她丟出去的東西，「瑪爾德，你做什麼？」

莫忘：「……」

定下心神的她仔細一看，飄在窗外的人果然是瑪爾德。他穿著一套白色的睡衣，手中的小銀托中盛著一根燒到一半的蠟燭，大約是因為已經是晚上的緣故，他長及腰間的淺青色長髮沒有束起，在夜風的吹拂下左右搖擺，這一切都構成了經典的鬼片情景。

「……陛下也在？」瑪爾德吹滅手中的蠟燭，伸手叩了叩窗戶，「方便讓我進去嗎？」

「您請坐好。」艾斯特一邊說著，一邊將莫忘的身形扶穩，緊接著站起身，一把推開了窗戶。

瑪爾德先將銀托遞到對方的手中，而後敏捷的踏上桌子跳入了屋中，單膝跪在了女孩的面前，「陛下，我為自己的冒失向您致歉。」

「……」怪人居然在向她道歉哎！

又一股自豪感浮上心頭。莫忘輕咳了聲，搖了搖頭，「沒、沒關係。」接著又好奇了，問道：「你大半夜的跑來做什麼？」

瑪爾德理所當然的回答：「今夜月色正好，所以想來拜訪老友。」

「……那你為什麼不走門？」

「走窗戶比較近。」

「……那你為什麼點蠟燭？」

「按照正常作息，這個時候大部分人都應該已經睡下了。」

莫忘無奈了，「……」喂喂，所以她是不正常的嗎？他自己也好不到哪裡去吧？而且……正常人會在明知道別人已經睡下的情況下來拜訪嗎？

莫忘扶額，「要是艾斯特真的睡了，你打算怎麼辦？」叫他起來開窗戶嗎？

被魔王陛下允許站起身的瑪爾德卻用疑惑的眼神看了她一眼，「什麼怎麼辦？」

「你不是來拜訪他嗎？」

「是的。」

「那……」

熟知某人德行的艾斯特也扶額，解釋道：「陛下，他所說的拜訪，大致意思就是在我窗戶附近晃上一圈，或者在我窗臺上坐上半個晚上。」

「是的。」瑪爾德微笑著點了點頭，「朋友之間正因如此。」

「……」喂！正常人的拜訪絕對不會這樣吧？這一定是有哪裡不對吧喂！

三觀經歷輕微洗刷的莫忘無奈的望天，與此同時，她突然打了個哈欠，下意識一看桌上的貓咪型小鐘——一看就是艾米亞的手筆——驚訝的發現時間已經很晚了。發現到這點時，整個人好像都有點睏了，她不自覺的揉了揉眼睛。

「陛下，您該休息了。」艾斯特同樣也注意到了時間。

「嗯，說的也是。」莫忘從善如流的點點頭，微笑道：「那你們聊吧，我回去睡了。」

「我送……」

「用不著啦！」莫忘跳下椅子，除去身上的毯子後，將披肩裹在肩頭，「我先走了，你們也盡量早點休息吧，晚安！」

「晚安。」

「晚安，陛下。」

直到門被女孩反手帶上，有著雪樣髮絲的青年也沒有移開目光，反倒下意識的朝前方走了幾步，又意識到了什麼似的停了下來，輕咳了一聲後，坐回了椅上。

而讓他略微覺得安心的是，自己的老朋友似乎並沒有注意到他剛才的失態，正在將帶來的鮮花點心裝入碟中……這傢伙甚至還再帶了一副茶具。

做好一切後，瑪爾德指了指之前女孩坐過的靠背椅，輕聲問：「方便讓我坐嗎？」

「當然。」

瑪爾德點了點頭，坐下後，端起紅茶喝了一口，滿意的點了點頭，「哈麗的手藝還是這麼好，還沒退休嗎？」

艾斯特搖了搖頭，「她說至少還要工作二十年。」

「真是個忠心可靠的人。」

「嗯，是啊。」對方沒有用「僕人」，艾斯特也很認可這一點，相處這麼多年，他早已把哈麗當成了自己的親人，誰讓他的親人都不太可靠，兩個一天到晚在外面亂晃，還有一隻稍微沒看著就走上了歪路。

守護一個家庭都難到了這個地步……他突然異常理解女孩心中的忐忑，而他以那樣的話語鼓勵著她走上那條可能她自身並不喜歡的道路，真的沒問題嗎？

如果……

「你以前不是喜歡發呆的人。」

「……」艾斯特這才意識到自己的思緒不知何時就飄了，他掩飾性的又握拳輕咳了聲，終究還是覺得瞞不過去，認真的道了歉，「抱歉。」

「不，我並不在意。」瑪爾德與其說是不愛說謊，倒不如說是懶得說謊。話又說回來，他願意與之交談的人很少，甚至覺得這樣好處不少，至少在這些人面前都不需要說出違心的話語，「反正我也經常走神。」

「……你還真是老樣子。」

「你卻改變了。」

「……」艾斯特微微一怔，有些不明所以——雖然在魔族來看，他離開了將近三年，但對於他自身來說只是幾個月的時間而已，不至於發生什麼改變。不過，他還是解釋道：「陛下所處的那個世界非常奇妙，雖然只在那裡居住了三個月左右的時間，卻讓我學習到了許多新鮮的知識。」

瑪爾德淺青色的長髮在室內水晶燈柔和而潔白光芒的照耀下，閃爍著溫柔又漂亮的光芒，他將目光從杯沿的圖案上收回來，直直投射到對面人的臉上，「我不是說這個。」

「外表的變化不是改變。」

艾斯特若有所感，卻沒有說什麼。

「你真正發生改變的——」瑪爾德指向自己的心口，「是這裡。」

「……」

瑪爾德的手點了點那塊地方，「過去，這裡裝了東西；現在，這裡依舊裝了東西。你能感覺到有哪裡不同嗎？」

「……」

「看來，你已經發覺到了。」

面對敏銳無比的老友，艾斯特的嘴角溢出一絲苦笑，「不愧是天才瑪爾德，什麼在你眼中都是透明的。我有時候甚至懷疑，是不是正因為有著這樣的天分，你才會對這世上的一切都不在意呢？」

——你又是真的無法實戰嗎？

——還是不屑與任何一個人發生爭鬥？

「不對。」被給予了那樣高評價的瑪爾德卻只是表情淡定的搖了搖頭，他點了點自己的心口，「這裡的東西也有很多。」

「哦？」

「比如，天如果再繼續晴朗下去，我就要使用魔法為我可愛的植物們降下一場雨。」

「……」

隨著瑪爾德的話語，房間中的氣氛一時之間凝滯了下來。偏偏這傢伙彷彿完全沒意識到般，喝了兩口茶，吃了幾口點心，才淡定無比的說：「開玩笑的。」

艾斯特：「……你的笑話還是這麼有特色。」

青髮青年默默舉起座椅扶手上的毯子：「要嗎？」

「不用，謝謝。」

但託這番對話的福，剛才那種奇怪的氣場似乎煙消雲散了。

可緊接著這傢伙又說：「放心吧，我會為你保密的。」

艾斯特：「……」之前那個話題不是應該被跳過了？

當他注視到對方略帶促狹色彩的眼神時，心中恍然，隨即又是一陣無語。

某種意義上說，這也是他們關係好的明證，只是被捉弄到底不是什麼好的體驗。但話又說回來，他絕不可能因此就生氣，所以他只能無奈的再次談起：「瑪爾德，睿智如你，應該能知道我現在的改變究竟是好還是壞吧？」

「你在問我？」

「是。」

「有意義嗎？」

「……」

瑪爾德輕輕把弄著自己的手指，因為長期與花接觸並愛彈奏絃樂器的緣故，他的指尖有些許粗糙，同時又染著淡淡的花香。他淡淡的說：「如果我說那是壞的，你能立即停止那種改變，重新回到從前嗎？」

「……」艾斯特用眼神苦笑，「看來我問了個蠢問題。」

「別在意，我不會因此而認為你蠢的。」瑪爾德神色淡然的繼續說：「畢竟很少人能在這種情況下保持理智。某種意義上說，你擊敗了我。」

艾斯特有些許驚訝，「怎麼說？」

「從前我以為你會是個例外，但現在我才發現自己錯得厲害。你走路時一直小心的避過水坑，但那不是因為你小心，而是因為你根本不把它放在眼裡，直到你找到了一片廣闊無際、透澈又深邃的海。你一門心思的想跳進其中，卻又站在它的邊緣躊躇不前。因為你不知道那海水的浮力是有多大，跳下去究竟是會漂浮著被帶到海心，還是直接被淹死。」

他放下杯子，杯底與桌子發出了「匡」的一聲輕響。

「但你的雙足其實已經被漲起的潮水淹沒，同時陷入了柔軟而致命的沙灘中，你遲早會被海水捲走。」

「……」

「認清現實吧，艾斯特，你面前的選擇只有兩個，要麼放棄掙扎將命運放到別人手中，要麼要了別人的命。只是……」

瑪爾德用淺到近乎白色的眼眸看了自己的老朋友一眼，目光中有同情，同時又有些許的羨慕，像這樣毫無保留將自己的全部身心奉獻出去究竟是怎樣的感覺呢？這是他所不清楚的事物，「你真的做得到後者嗎？」

艾斯特無須思考，很誠實的回答：「絕無可能。」無論是生是死，無論是作為魔族，還是作為亡靈……那都是他絕對不可能選擇的選項。

「既然你很清楚，又問我做什麼呢？」

「是啊，我的確太過愚蠢了。」

「我說了，你並不蠢。不要懷疑這答案，會傷害到我的自尊。」在朋友面前，瑪爾德同樣無須思考就展露出溫和之外的另一面，「而且，我只能在自己熟悉的領域發表意見。你所詢問的事情，恐怕只有你自己和對方自身才能下判斷，別人沒有辦法……也無權干涉。」

說到這裡，他笑了，他的笑容和聲音一樣給人寧靜感，就像靜謐山間緩緩流動的清泉。

「唔，甜蜜的小煩惱。」

艾斯特這回是真的露出苦笑了。

瑪爾德用撐在扶手上的手托著下巴，細細打量著陷入困擾的「魔界第一守護者」，他看起來多麼強大──魔力充沛、性格沉穩、品質高潔、靈魂無瑕，簡直像是一顆被魔神大人精心雕琢而成的寶石，無論丟在哪裡都無法掩飾其璀璨光芒。

從見到這人的第一面起他就知道了。人是有天性的，無論如何隱藏，有些特性都是注定的。有一種人很罕見，他們無論被丟到什麼地方、或是壞境中，都注定會被人所仰視，眼前的這位無疑非常符合這一特徵。

但艾斯特同時並不驕傲，他謙遜而慈悲。他的心腸其實很軟，卻並不易攻破，他只會將認可的人放入其中，嚴嚴實實的保護起來。如果有人想要刻意的嘗試進入，勢必會引發一大連串的「警惕魔法」。

瑪爾德曾經以為他的心會永遠保持著這種平衡而穩定的狀態，卻沒想到它會頃刻翻覆，一件可愛又可怕的事物偷偷的入侵其中，生根發芽，並一天天的壯大，總有一天它會將其全部霸占。它要麼是一棵樹，壯大並給予心臟養分；要麼是一條藤蔓，伸出漂亮而殘忍的枝條將心臟牢牢包裹住，吸收完它的全部養分，最終讓其徹底枯萎毀滅。

但即便如此……

「真讓人羨慕啊，艾斯特。」

「……你還真是與眾不同啊，瑪爾德。」居然會發出這樣的感慨。

「是嗎？」瑪爾德輕聲笑了起來，宛如泉水叮咚。

他其實並不在乎這個世界是否有魔王，因為這都不會妨礙他的生活，但他也曾經想過，如果這個世界上有一人能登上王的寶座，那人恐怕只會是艾斯特。

從這方面看，艾米亞那個無聊的傢伙雖然又傻又任性又無趣，但在這一點上的判斷還是相當正確的。

只是……

「我這種情況，到底有什麼值得羨慕的呢？」

瑪爾德斂起笑容，用一種認真的語氣說：「征服與被征服。」尤其是後者，對於他們這種人來說，實在難得。

艾斯特微微側頭，若有所思，片刻後，不得不贊同的點頭：「你說得沒錯。」

瑪爾德安靜的發起呆來。

所以說，究竟是怎麼樣的女性，才能讓他這位老朋友心甘情願的臣服其下呢？

美貌？

能說是「可愛」，但用「美麗」則太過誇張。

智慧？

至少他沒看到這閃光。

溫柔？高雅？善解人意？或者……

不，這些也許對艾斯特來說都不重要。

而他之所以認真的思考這些，也正是因為完全不瞭解這件事的關鍵所在。這麼想來，艾斯特有多麼讓人羨慕，他就有多麼讓人悲哀。

「哎……」

「為什麼嘆氣？」

「書籍都是騙人的。」

「……」即便是艾斯特，有時也抓不住這位朋友的腦回路。為了跟上話題，他不得不開口詢問：「怎麼說？」

「如果主人悉心照料花草，它們就會變化為美麗的妖精。」

「哦？」

艾斯特：「……」他就知道會是這樣，「我在陛下所處的世界也看過類似的故事。」

艾斯特接著說道：「不過故事的結果大多是，主人最後被妖精拋棄了，因為他們的種族差距太大。」

「……」

「而且，瑪爾德，我國所實行的是一夫一妻制，你所種植的花草數量太多，恐怕會引起不小的麻煩。」艾斯特邊說，邊煞有其事的點頭，「到時候如果你強烈要求我送飯給你，我會去求他們網開一面的。」

瑪爾德終於目瞪口呆的說：「艾斯特，這是你特意說給我聽的冷笑話嗎？」

「也許？」

「好冷。」青髮青年忍不住感慨，「你變壞了。」才僅僅幾個月的功夫啊，艾斯特的身上到底發生了什麼事？難道說，所謂的「愛情」真的會造就這樣的奇蹟嗎？

他發覺自己越來越好奇了。但同時又努力壓制著這種心理，因為他很清楚：好奇心足以殺死任何一隻魔獸。

「我後悔了。」瑪爾德突然說道。

「什麼？」艾斯特反問。

「今夜我不該來拜訪你的。」

「為什麼這麼說？」

瑪爾德雖然說著懊悔的話語，語氣卻依舊那麼清淡：「因為你今晚也許會睡個好覺，而我卻恐怕要失眠。」

「如果你需要的話，我可以借你地方配置安眠藥水。」

「……你還真的變壞了。」也許是被刺激得有些煩惱，看來淡然的瑪爾德有些不懷好意的說：「不過，你的情況也不比我好上多少。」

「？」

「你家的艾米亞，從小就習慣了你的寬容與退讓，這一次，你會讓他如願嗎？」

「……」

稍微被戳中了軟處的面癱青年微皺起眉頭，顯然，他拿自己的弟弟沒轍，或者說，他拿自己全家人都沒轍。不負責任的把家業和弟弟一起丟給他的父母，從小被他帶大以至於看似溫和高雅其實有些驕橫幼稚又獨占欲強的蠢蛋弟弟……這也是甜蜜的小煩惱啊！

但很快，他又鬆開了眉頭。

瑪爾德有些好奇的問：「怎麼？得出答案了？」

艾斯特卻搖了搖頭，「我有沒有答案並不重要。」

「？」

「就像你之前所說的那樣，決定權從頭到尾都不在我的手中。」他已經交出了全部的主動權，有生以來第一次品嘗到這種近乎絕望的被動味道，可奇異的是，他不覺得有任何的不適或者難耐。

這件事本身也許就是一個奇蹟。

第七章 魔王陛下是熟人？

三天後——

緊鑼密鼓準備的加冕典禮於神廟中舉行。

地點同樣是神殿，只是這一次，裡面的裝飾要比上次華美得多了，每一根石柱都被綠色藤蔓所纏繞，上面盡情綻放著某種潔白而又有著沁人香氣的鮮花。很巧合的，這種花的名字叫「凡諾爾」——與她在此處的名字「凡賽爾」的魔族文字發音有點類似——據說這個詞來自古魔文，意思是「被聖潔光輝所籠罩」，自古以來都被用在祭典或是重大場合上。

不知是什麼樣的魔法，甚至讓這些花朵順著石柱攀爬到了神殿的頂端，它們盡情伸展身體，枝葉相會，而後居然配合默契的「畫」出了一個又一個的格子，而在格子的中央，日光自鑲嵌在屋頂的那些七彩水晶中投射而下，閃爍出一大片一大片讓人目眩的光華。

它們盡情的綻放，直到潔白的心形花瓣自空中緩緩飄落，墜在人們的髮絲、衣襬以及腳踩的潔白石質地板上，待花片盡數消散，一陣朦朧的白光又會將其籠罩，而後凡諾爾再次恢復了花苞的模樣，在璀璨日光的照耀下再次盛開，周而復始……

當身披紅色披風的女孩踏入其中時，地上早已積累了一層厚厚的花瓣，再也看不清地板的真實模樣。

從神廟的門口一直到神殿中，兩旁的道路上都站滿了身穿正式服裝的人們，他們的衣服與排列順序全部依照身分，唯一相同的是，當女孩經過時，他們紛紛單膝跪下，無一例外低下了高傲的頭顱，哪怕心中的好奇心再旺盛，也沒有人擅自抬起頭來，因為那是不敬的。

而他們所唯一能看到的，就是女孩行進間墜在花瓣上的披風下襬，它從殿內一直延伸到了殿外，豔麗的色彩宛如心間流出的第一滴血，而滾著的那層金邊又像是天邊綻放的第一縷日光。

最接近「加冕臺」的，是四位守護者。

在注視到他們身形的瞬間，莫忘微微舒了口氣，雖然她的表情看起來淡定又從容，但心裡實在是有些慌亂——有生以來第一次經歷這種大場面，而且她自己就是中心。

一路上她不斷在心中催眠自己「左邊是白菜，右邊是馬鈴薯」，才很好的保持了面上的鎮定。不得不說，阿哲教給她的這個方法還真是相當有效。

而現在，這種看似榮光的折磨似乎終於要到頭了。

雖然心中不停的冒著這些紛雜的想法，莫忘穿著馬靴的腳依舊沒有一絲停頓的踩落了下去，這也多虧這三天的「集中訓練」，真是累死人了。

但她同時也很清楚，最辛苦的那個人絕對不會是她。

重現幾十年沒有出現的「加冕典禮」，每個人都竭盡全力，哪怕是格瑞斯，房間中的各式書籍也幾乎堆得比山還高，向來注重形象的他不知從哪裡摸出了一副有酒瓶底厚的眼鏡，神神叨叨的在房間中走來走去翻書。

而她身上所穿的這套有點類似於騎裝的禮服，也是專門定做的——據說以前不是沒有女性魔王，王宮的倉庫中甚至保留著她們當年所穿的衣物，但像她這樣年紀的魔王還真的沒有出現過，再說……似乎沒人想過讓她穿舊衣服，於是乾脆重新設計製作了一套。

莫忘的髮絲被高高的束了起來，以一塊中間掏空的六邊形藍水晶固定，髮尾微微打捲，這樣做時她比平時看起來要稍微成熟了些許。

騎裝上藍下白，剪裁得體的衣物在盡情勾勒出莫忘體型的同時，也十分舒適。斜掛的金色綬帶在日照下閃閃發光，在腰側的某個點與暗紅色的腰帶連結在一起，並垂落下些許絲穗。上衣從上到下的每顆衣釦都扣得嚴嚴實實，白色馬褲的褲襬一絲不苟沒入黑色的平跟馬靴中。在長長披風的襯托下，莫忘整個人看起來莊重而威嚴。

如上次那般，走到第一個臺上時，莫忘停下了腳步。

與此同時，跪在臺下的四位守護者站起身來，也分別走了上去，拿起靜放在一旁桌檯上的各式物品。

艾斯特的手中持著一本厚厚的書籍，那是這個國家的法典。

瑪爾德的手中持著一把金黃的麥穗，那是這個國家的主食。

賽恩的手中拿著一把裝飾華美的騎士劍，它是武器，象徵著武力與戰爭。

格瑞斯的手中拿著一座潔白優雅的豎琴，它是樂器，象徵著和平與安樂。

緊接著，莫忘跪下身去，右手貼著心口，代表她之後的一切話語發自內心；左手以食指與中指點著地面，這是這個國家的人發誓時的經典手勢，以此表達誓言是真實可信的。

瑪爾德最先開口，他用麥穗貼著女孩的額頭，聲音如泉水叮咚，盡情流淌在寂靜的山澗，洗滌著人們的心靈，「春生，夏長，秋收，冬藏……」

接連不斷的話語自他口中緩緩流出，雖然之前排練時已經聽過無數次，但莫忘明顯的感覺到這次是不同的——從沒有哪一次能像現在這樣給予她震撼的感受。

「您願意以真心重視它嗎？」

「我願意。」她更加深切的感受到，這句話並不只是說說而已，而是背負了某種重重的責任。

——真的可以做到嗎？

——真的不會讓其他人失望嗎？

青髮青年將金色的麥穗放到莫忘的膝上，以動聽的聲音回應說：「願您矢志不渝，從一而終。」說完後，他重又回到原來的位置，單膝跪下，靜待著其他人的話語。

接下來出場的少年賽恩，有著絲毫不遜於麥穗的漂亮髮絲，他將騎士劍架在女孩的左肩上——當然，這把劍看起來漂亮，實際上卻被施以魔法，是沒有任何殺傷力的。

他的聲音與本人一般，充滿了強烈的生機與活力：「武器，沒有意識，沒有靈魂……是殺人的道具，同時……」相較於瑪爾德語速較快的他說完那一大串後，同樣問道：「您願意以仁慈驅使它嗎？」

「我願意。」

賽恩笑了笑，將騎士劍佩戴在莫忘的腰間，順帶爽朗的說了一句：「我相信，如果是陛下的話，一定可以做到。」

而後他也如瑪爾德一般回到了原地。

站在莫忘身前的格瑞斯以纖細而修長的漂亮手指勾動琴弦，奏出了一小串韻律優美的樂曲，他的聲音高雅而悠揚，就如同那音樂般，彷彿能在人心中引起一陣又一陣的迴響：「音樂，是美好，是高雅，是聖潔……它是心靈的聲音，是靈魂的共鳴……」說話間，那音樂也從未停歇，當他話音落下，那樂曲也剛好奏完最後一個音符，「您願意以靈魂熱愛它嗎？」

「我願意。」

「期待能有一天聽到您奏出的動人樂章。」

最後出場的，是艾斯特。

四人同樣身穿軍服，瑪爾德為淺綠，格瑞斯為純白，賽恩為金色，而他的則是深藍色的，銀色的腰帶與他雪樣的髮絲相映成輝。

「法律，是行為的規則，是意志的體現……它約束，同時也保護……它告訴我們，自由並非無拘無束，而須限定在允許的範圍內……」

艾斯特的嗓音如澄澈的冰水，毫不凝滯的流動，同時又升騰著令人窒息的寒冷感，沒有人會懷疑他話語的真實性，也沒有人會懷疑他維護其的信念。他彷彿只是在唸著祭典的常備話語，又彷彿是在給予人們警示，究竟是如何，恐怕只有他自己才清楚。如本人性格般嚴謹有力的話語沒有一絲拖沓的停頓住，他問：「您願意以生命守護它嗎？」

「我願意。」

不經意間，艾斯特的嘴角勾起小小的弧度，他彎下身，將法典同樣放在了莫忘的身前，用與剛才截然不同的柔和話音說：「哪怕竭盡這條生命，也必然守護在陛下的身邊，助您達成心願。」而後回到原地跪好。

氣氛一時之間，沉寂了下來。

沒有人再說話，也沒有人再動。

被這種氛圍所感染的莫忘屏氣凝神，心中裝滿了某種說不出口的靜穆，她安靜的跪在原地，等待著……魔神大人的降臨。

據典籍的說法，在完成之前的一切儀式後，棲息在神廟深處的魔神大人會以真身出現，為每位魔王陛下加冕。而觀看先代魔王的畫像，似乎每位魔王的王冠還真的都不相同，而那些王冠，在他們去世後就紛紛失去了蹤影，這一切都似乎在證明著那一傳說。

原本莫忘是有些不太相信這種事情的，但此時此刻，她突然就信了。

★◎★◎★◎★◎

莫忘安靜而耐心的等待著。

也不知過了多久，她突然覺得時間彷彿都停止了，周圍的空氣壓得人有些喘不過氣來。

她正準備悄悄抬頭看一眼，卻驚訝的看到，一襲黑色的袍襬不知何時出現在她的眼前。

——這是？

莫忘下意識的抬起頭來。

靜站在她身前的，是一位身著簡單黑色長袍的男人，不知道年紀有多大，因為他的臉上戴著一張銀色的面具，遮住了大半張臉，只露出了形狀完美、色澤卻偏淡的嘴脣，隱約能看到挺拔的鼻梁。

長袍將他的身形嚴嚴實實的包裹在其中，自脖到腳，沒有一個地方露出來。也許是因為自己正以跪著的姿勢仰視對方的緣故，莫忘覺得這個人還真是頎長，又稍微顯得削瘦，渾身上下充滿了某種難言的氣質。而最吸引人目光的，是他一路披散到腳踝的漆黑長髮……沒錯，與她一樣的黑髮，只是顏色要更深，甚至在日光的照射下，泛著類似於幽藍的色澤——他整個人彷彿剛從黑暗中走出，卻依舊被厚重的黑暗所包圍。

此時此刻，男人正低下頭，注視著莫忘。

四目相對間，時間不知過去了多久，卻沒有人動作。

直到莫忘突然反應過來，緊接著，她覺得自己似乎被壓制住了，這種感覺非常微妙，但她覺得僅憑「自己居然想不到要站起來」這件事，就已經是某種明證。

一隻骨節分明的手突然伸到了她的面前。

莫忘微微一愣，隨即發現原來是對方彎下腰朝自己伸出的。

怔愣間，那手的指頭微動了動，似乎在示意她起來。

她於是伸出手，輕輕搭上了那看起來毫無血色的蒼白手掌，動作間，她發現對方的手涼得駭人，以至於才站起來她就快速的收回了手。

幾乎是同時，莫忘發現對方並沒有自己剛才感覺到的那麼高大，他的身高甚至略遜於艾斯特，但那種於無聲中散發出的讓人高山仰止的氣勢，卻並沒有隨著她站起而消散。

「你……」莫忘開口時，聲音有些許沙啞，她想問的是「你就是魔神大人嗎？」，但脫口而出的卻是：「我們是不是在哪裡見過？」

熟悉感！

突如其來的熟悉感席捲上她的心頭！

她明知道這是荒謬的、不真實的、不可能發生的，但依舊無法抑制這想法如春季的野草般在心頭的原野上蔓延開來。

一直保持著沉默的男人突然微勾起嘴角，而後他開口說：「我沒有想到妳對我說的第一句話居然會是這個。」

他的聲音很是低沉，宛如穿越黑夜而來，還沾染著沁涼的夜風，帶著格外惑人的味道。

莫忘不知道該以怎樣的語言來回應對方的話語，而她突然又發現，這座神殿中，除他們之外的人居然全部靜止不動了。

「這是……」

「不用擔心，只是一點小魔法而已。」

「你……就是魔神大人嗎？」

「心中已經有答案的問題，還想要再次詢問我嗎？」魔神再次勾了勾嘴角，話語的尾音微微上揚，「好吧，如果回答能讓妳覺得開心的話——我是。」

莫忘：「……」

「……抱歉。」

「有史以來最年幼的魔王陛下，妳不是要向我尋求王冠嗎？為什麼一言不發呢？」

「為什麼要道歉？」

「……」她果然還是覺得曾經在哪裡見到過這個傢伙，這種強烈的疑惑感幾乎能把人逼瘋，於是她大膽的問：「請問，能讓我看一看你的臉嗎？」

一直保持著神秘的魔神居然乾脆的回答說：「可以。」

「哎？」這傢伙似乎還挺好說話的嘛。

「但是——」他的話語又悄然轉了個彎，「一旦看到我真面目的人，都必須永遠留下來陪伴我。如果是妳，有這個資格。」說話間，他的手向上伸去，抓住了面具的下方。

「等一下！」莫忘連忙打斷，「不、不用了！」開玩笑，她才不想留在這裡啊！

「真的？」

「嗯嗯，真的！」

傳說中的魔神大人鬆開手，「妳還真是善變。」語調與之前沒有半分差別，似乎並不在意這件事。

但莫忘還是道了歉：「對不起……」

「好奇是與生俱來的特性，妳無須因此向我道歉。」說完，魔神突然開口問：「妳覺得這個世界怎麼樣？」

「啊？」莫忘愣住，但緊接著回答：「很好。雖、雖然我才來沒多久，見到的事情也不是很多，但起碼到目前為止，我覺得這裡很好！」

「是嗎……」

莫忘又問：「那個……請問……」

「什麼？」

「為什麼……是我呢？」莫忘猶豫著問道，「這個世界有那麼多的人……為什麼偏偏是我呢？」偏偏是來自另外一個世界的她。

「是啊，為什麼會是妳呢？」魔神反問。

「……」喂喂，這傢伙完全沒給出像樣的答案好嗎？她要是知道就不會問了！

「這件事，必須等妳自己去發覺才可以。」

「發覺？」

魔神微微點了點頭，「被我告知，遠沒有自己發現要來得有趣，不是嗎？」

「……其實我不是那麼有趣的人。」說一下又不會肚子痛！

「可是我會覺得無趣。」

「……」

他緊接著又說：「妳要知道，自己會成為這個國家的王，並不是偶然，而是必然。而妳和這個國家的命運，在很久很久以前就已經相接。」

莫忘搖了搖頭，「……我不明白。」

「妳遲早會明白的。」

「什麼時候？」

「時候到了的時候。」

「……」

「好了，小小的魔王陛下，妳的臣民都已做好了歡慶的準備，不要讓他們等待太久。」

魔神一邊說著，一邊從長袍的袖子中拿出了一頂銀色的王冠。

「……凡諾爾？」莫忘愕然的發現，這頂王冠的主線條居然是凡諾爾的藤蔓，而藤蔓交叉的中心，也就是應該盛開鮮花的地方，鑲嵌著一塊菱形的黑色晶石，而晶石之中，居然還包含著另一塊白色的圓形晶石。

「是的，凡諾爾，被聖潔光輝所籠罩的犧牲之花。」綻放的同時就開始枯萎的美麗花朵。

「……犧牲之花？」

魔神沒有回答她的疑惑，只伸出雙手，將王冠仔仔細細戴在了莫忘的頭上，而後揮了揮手說：「好了，妳該走了。」

「可是……」

「去吧。」

★◎★◎★◎★◎

幾乎在這話音吐出的瞬間，莫忘明顯的覺察到，停滯的時間重新開始了流動，而原本站在他身邊的男人，不知何時已然朝後方飄去，如同一朵被風吹走的黑色蒲公英，徹底的、完全的再次融入了深邃的黑暗之中，直到有人再次將她喚醒。

與此同時，他的嘴唇微微開合，似乎在說著些什麼。

「下次……會……」

莫忘很顯然沒有讀出那句話。

「陛下得到了王冠！」

原本跪在原地的人驚喜注視著女孩頭頂戴著的那個小巧的王冠——這畢竟是幾十年未見的盛景，有些人甚至還是第一次看到。

「陛下得到了魔神大人的認可！」

在這之後就是盛大的慶典。

頭戴王冠的莫忘坐在裝飾華美的馬車上，在衛兵的保護下巡視王都。

簡而言之，就是出去被圍觀。

再之後又是夜間的晚會。

莫忘很慶幸，盡職的守護者們始終跟在她身邊，低聲說著那些前來拜見的人們的資訊。

到最後，莫忘整個人都懵了，只知道下意識的重複著不知道說了多少次的話語。幸好有艾斯特時不時遞來的潤喉茶，否則她的嗓子恐怕會整個壞掉。

總而言之，真是超級「忙亂」的一天，以至於她晚上躺在王宮的床上時，甚至完全忘記了這是一個陌生的環境，一閉眼就呼呼睡到不省人事的地步。

★◎★◎★◎★◎

次日醒來時，時間已經是中午。

莫忘揉著頭坐起身時，意識到其餘人都很體諒的沒有叫醒她。

不過……

「咕……」她抱住不斷響起的肚子，默默淚流滿面。

——好累……好餓……

「咦？終於醒了啊？」

一道聲音從身側傳來，莫忘歪頭一看，瞬間滿頭黑線，「你為什麼會在我陽臺上啊？！」

「因為我房間的陽臺就在隔壁啊。」石詠哲沒覺得有一點不妥的回答。

「……」莫忘扶額，「我說，你堂堂一勇者，住在這裡真的沒問題嗎？」這略等於拯救公主的騎士最終在龍的城堡中養老吧？

石詠哲輕嘖了兩聲，跳過來拍了下莫忘的腦袋，「像妳這樣的笨蛋魔王，連被打倒的價值都沒有，有什麼好擔心的？」

「喂！！！」這話也太打擊人了吧？！

「好了，別擺什麼魔王的架子了，收拾好東西就趕緊跟我回去。」石詠哲雙手環胸，搖頭道：「妳還想請多少天的假啊？」

「……說、說的也是呢。」咳咳，雖然她已經成功的找到了一份終生不會失業的工作，但學業還是很重要的！她可不想做有史以來的第一個……學歷最低的魔王啊喂！

「話說回來……」石詠哲瞥了眼莫忘，「按照時間算，妳到這裡已經七十多天了吧？」

「嗯，是啊，怎麼了？」

「相當於放了個長暑假，妳之前學到的東西，真的還記得嗎？」

「……」

於是，新上任的魔王陛下，就這樣被勇者大人的可怕魔法石化了。

許久許久後，莫忘聲線顫抖的問：「阿哲……你有沒有帶書來？」

「……誰救人會帶那種東西啊！」用來砸人嗎？

莫忘默默的裹起被子，把自己縮成了一顆球，「果然我還是不回去比較好吧。」TAT

「喂！」

莫忘小聲說：「不然，我回去拿個書再回來，補習完了再走？」

「再見！」

「別這樣啊！」魔王陛下很沒有形象的抱住勇者大人的大腿，「阿哲，我不想留級啊！好丟人啊！」

石詠哲扶額，「放手。」

「不放！」

「放手啦。」

「不放啊！」

「……妳不放手我怎麼回去幫妳拿書啊？！」

「不……哎？」莫忘鬆開手，宛如看著天使般注視著自家小竹馬，「你真是個好人。」

「不許發卡給我，否則我不去了啊！」誰想收好人卡啊喂！

「我錯了！」火速縮手，「你是壞人行了吧？」

「……妳夠了！」

事實證明，處於焦急中的魔王陛下真是毫無節操……嗯，幸好這件事沒有被更多人看到，否則真是形象碎一地啊碎一地。

★◎★◎★◎★◎

因為勇者大人「好心」的提醒，莫忘決定在這個世界再待上十天，也就是那個世界的一天，再多她實在擔心會被戳穿——雖然石詠哲說他有好好幫她請假。在這十天裡，她要特訓！努力把忘記的東西全部記起來！

懷著這種偉大的志向，魔王陛下開始了行動！

但是，除此之外，似乎還有別的事情需要她來處理。

「艾米亞的刑罰？」

「是。」

莫忘驚愕的注視著跪在自己身前的艾斯特，猶豫了片刻才說：「他其實並沒有對我做什麼過分的事情啊。」除了騙她去結婚外……而且也多虧了對方，她才學會了這個世界的文字，所以說，「你看放過他怎麼樣？」

「陛下，請無須顧及我，做出公正的判斷。」

「就算你這麼說……」莫忘困擾的扶額。那傢伙再怎樣也是艾斯特的弟弟啊，就算看在後者的面子上，她也不會……

「陛下。」針對這件事，艾斯特表現出少有的堅持，「請不要忘記您在加冕儀式上立下的誓言。」

「……」以生命守護法律的公正嗎？可是……

「艾米亞罪不可赦。」

說出這樣的判斷時，艾斯特的心裡也非常痛苦，正如莫忘所想的，那傢伙是他的弟弟，而且他們的感情可以說相當好，但這不是可以妨礙公正的原因，「騙婚本已是重罪，更何況他還陰謀想要傷害您……」無論什麼原因，錯了就是錯了，那就必須受到懲罰。

莫忘站起身，拿起一旁書架上的厚重書籍，這是魔界最重要的法律規章，不過不是唯一的，除此之外還有許多其他的法律法規，足足擺滿了書架的一層。

她翻開書之後，很輕易的找到了自己想找的內容，將那長長的條規用自己精簡的語言說了出來：「蓄謀殺害魔王，死罪。」

「……」

「蓄謀殺害守護者，死罪。」

「……」

「勾結不法組織……哦，這個要看情況才知道是不是死罪。」

「……」

「騙婚……哈，原來除去坐牢外還會被處以鞭刑。」

「……」

「艾斯特，你想怎麼判他？死了之後再鞭屍嗎？」

「陛下……」艾斯特痛苦的閉了閉雙眸，卻依舊以強而有力的意志控制著自己，盡量鎮定的說：「如果他不能得到重罰，則不足以震懾他人。」

如果試圖殺害陛下都可以逃脫懲罰，誰知道會不會有更多人燃起野心呢？反正即使這樣做了也不會死，不是嗎？

他也很想拯救艾米亞，可是……艾米亞錯得太離譜了。

如果艾米亞僅僅只是傷害身為哥哥的自己，那麼他覺得自己也許會盡量將事情朝輕的方向抹去。但是，現在的情況卻不是這樣簡單。

艾米亞那個笨蛋接受了絕對不該接受的誘惑，做了絕對不應該做的事情！

「他做了什麼？」

女孩的疑問讓青年微微怔住。

「當然是……」

「在不知情的情況下聘用了魔王嗎？還是在不知情的情況下教會了魔王文字？還是在不知情的情況下想要和魔王結婚？」

艾斯特簡直要驚呆了，陛下這是……

「第一件事和第二件事完全是功勞吧。」莫忘合上手中的書，義正詞嚴的說：「自由生長在異界的魔王陛下，因為發動魔法陣失敗，不小心流落到了這個世界，暫時失去了說話的能力，甚至短暫失憶，也忘記了如何使用語言。是艾米亞給了她工作，又教會了她識字，並且成功俘獲了她的『芳心』——哇，自己用這個詞真噁心！」

她吐了吐舌頭，接著說：「然而，在婚禮上，魔王陛下因為與魔神大人的共鳴，突然恢復了記憶，繼而認識到自己曾經立下誓言——在成年之前絕不會考慮嫁給任何人，於是無奈的打斷了婚禮。緊接著，被她召喚出的守護者們，因為誤會了什麼而對艾米亞下毒手，他被揍成了一個豬頭，啊，真是一個淒慘的故事。」

「……」艾斯特扶額，「陛下，這是什麼？」

「**真相**啊！」莫忘在前兩個字上加了著重音。

「可是……」

「艾斯特，我比你更知道艾米亞有罪。」莫忘微微提高音量，打斷了對方的話，「也知道他應該接受懲罰，還知道我現在所做的事情顛倒黑白，十分可恥。但是……但是我堅持自己的判斷，我認為這是最好的。」

「為什麼您會這樣想？」

「因為我不想失去你。」

「……」艾斯特的眼眸驀然瞪大，寒冰樣的藍色眼眸中燃起了炙熱的火光，但緊接著，他快速將其斂去，輕聲說：「陛下，您永遠不會失去我。」哪怕化為亡靈，哪怕只有一絲可能，他也絕不會前去魔神大人身邊安息，而會執著的繼續陪伴在她身邊。

「你撒謊！」莫忘沒有發現自己的話語中有點歧義，「如果我真的處罰了艾米亞，你絕對會不再做守護者了吧？」

「……」終於理解了她話語中含意的艾斯特，有些失落，同時又有些驚訝、有些喜悅，陛下居然瞭解自己到了這個地步嗎？

「一方面，你是『罪人』艾米亞的哥哥；另一方面，你覺得事情是因自己而生。所以，無論從哪個方面來看，你都認為自己沒有『資格』再做守護者，是這樣沒錯吧？」

「我……」

「不許騙我！」莫忘陡然抬高聲音，氣勢凜然高潔，「此時此刻，我不想得到欺騙。」

「……是的。」艾斯特閉了閉眼眸，「您說的完全正確。」

「艾斯特。」莫忘走近艾斯特，突然抬起手中的書，毫不客氣的砸到他腦袋上，「你才是真正的罪人啊！」說話間，她蹲下身，將書丟到他的面前，「說好的『哪怕竭盡這條生命，也必然守護在陛下的身邊，助您達成心願』呢？都是謊言嗎？」

「不。」艾斯特快速的否認，「即使不再身為您的守護者，我也會……」

「你還能做到什麼？」莫忘反問：「一個帶罪的家族，一個被判了死刑的弟弟，和一個被剝奪了『第一守護者』之位的哥哥。你還能為我做到什麼？端茶疊被送開水嗎？現在我可不缺做這種事的人。」

「……」

「陛下……」艾斯特的嘴角忍不住流露出一絲苦笑，「您真是……」

「真是什麼？犀利過頭嗎？是你太蠢了！」莫忘站直身體，雙手扠腰說道：「太複雜的問題我不懂，但算術題還是會做的——處罰了他，你就沒了；放過他，你就還在。」多簡單的問題，需要想那麼多嗎？

「我很感激您的看重，只是……」

「既然感激就報答給我看啊！還是你以為回到家後天天給我上三炷香就算報答？」有些氣急的莫忘索性伸出手，一把提起艾斯特的衣領，「給我好好的承擔起責任啊，你這個笨蛋！每一次、每一次都完全不和他人商量就做下決定，你是不是覺得自己的犧牲很偉大？是不是覺得只要你背負了一切，其他人就會心安理得的好好活下去？你太傲慢了，艾斯特！」

「傲慢……」艾斯特做夢也沒想到，自己居然能得到這樣的評價。

「是啊，傲慢！你不是我的奴僕嗎？那就乖乖的聽話！有什麼資格替我下判斷？！」

「……陛下，我只是想維持公正。」即便在這種情況之下，艾斯特依舊保持著自己的鎮定，認真的說：「艾米亞的的確確犯了罪，如果僅僅因為是我的弟弟就可以免於懲罰，我無法接受這樣的結果。」

莫忘痛苦的抓頭髮，「啊啊啊啊！你這個傢伙怎麼就固執到了這個地步啊！」完全說不通怎麼辦？這傢伙正直過頭了啊混蛋！

她深吸了一口氣，「我知道，你是為我好，不想看到我罔顧律法，甚至認為，如果因為自己的緣故使得那傢伙免於懲罰的話，你對於這個國家就是有害的。」

「正是如此。」

莫忘忍無可忍的又往他腦袋上砸了一拳頭，「聽我說完再接話！！！」

「……」

這一拳頭砸出去後，莫忘覺得心頭積累的火氣似乎消散了些，她深吸了一口氣，再緩緩呼出，讓剩餘的火氣跟隨呼吸一起飛走。緊接著，她再次說道：「說實話，艾米亞的確做了非常大的錯事，但是，我覺得他最大的罪過不是傷害我，而是傷害自己的哥哥。」

因為自身的經歷，莫忘很難諒解「傷害家人」的行為，她很清楚被傷害的一方會有多麼的痛苦。

「但是，艾斯特，你怨恨他嗎？」

艾斯特愣了愣後，誠懇的回答：「不。」他很清楚，如果自己撒謊，她一定能看出來。

「我就知道會是這樣。」這個濫好人，「八成還覺得責任完全在自己吧？沒教導好他什麼的，對他關心不夠什麼的，居然沒注意到時間差太失職什麼的……如果——」莫忘提出了一個假設，「我是說如果，他只做了『傷害你』這樣一件錯事，而且除了你之外沒有其他人知曉，你會原諒他並為他隱瞞嗎？」

「……」

無須等待，莫忘已經知道了對方的答案：「一定會吧。」她攤了攤手，「我和你做出一樣的選擇。」既然他都可以原諒自己的弟弟，她為什麼做不到？

「可是……」

「從頭到尾，他真正傷害到的只有我們兩個人吧？」

莫忘的表情嚴肅起來，她認真的說：「如果他還嚴重傷害了其他人，我肯定不會做出這樣的判斷，但事實上，我們兩個就是倒楣的被害者，既然你可以原諒他，我為什麼不可以？至於影響，只要我們不把真相說出去，誰會知道呢？」

不等對方回答，她接著說：「我知道自己的想法有些天真，但是我覺得最大的罪人不是他，而是誘惑慫恿他的人。如果處罰了艾米亞，又失去了你，簡直就像是滿足了他們一樣，這種輸了的感覺會讓我非常非常不痛快！」

「……」這個理由……

「哼！」莫忘輕哼了聲，「反正我是魔王陛下，有任性的權利吧？說？有沒有！」

「……有。」明明剛才還一本正經、氣勢十足，怎麼突然就……

「那事情就這樣定了！」莫忘一邊說著，一邊伸出手拍了拍自家守護者的腦袋，「敢反對的話，哭給你看！」

艾斯特不禁無語，不可否認，這還真是強而有力的威脅——他真的會害怕看到她哭。

「咦？」莫忘的手突然在對方的腦袋上仔細摸了把，「奇怪，怎麼有個硬硬的……包？哪來的？」

「因為小小姐陛下您剛才拿書砸了艾斯特前輩的頭啊！」賽恩不知道從哪裡竄了出來。

莫忘呆住：「啊？是、是這樣嗎？」

格瑞斯一臉得色的冷笑：「呵呵呵，艾斯特你也有今天，知道和我作對的下場了嗎？！」

賽恩吐槽他：「不，這和格瑞斯前輩你沒關係吧？」

「賽恩，閉嘴！」

「來吧，艾斯特，我幫你治療。」瑪爾德不知何時也出現了。

「瑪爾德……」面癱青年額頭掛黑線的注視著從書架後方冒出來的三人，「為什麼你們會在？」

賽恩回答說：「當然是因為商量事情啊！」

格瑞斯一如既往的對他冷嘲熱諷：「呵呵呵呵呵——艾斯特你真是蠢爆了，果然我才是最強的！」

「不，這和格瑞斯前輩你真的沒關係吧？」

「賽恩，閉嘴！」

瑪爾德努力抓著艾斯特的腦袋，「艾斯特，不要躲，讓我摸摸頭治療。」

艾斯特：「……」這到底是怎樣一個混亂的狀況？

無奈間，他看向女孩，發現對方正朝他眨了眨眼睛，而後豎起了可愛的拇指，好像在說：笨蛋！不和其他人商量好，怎麼來說服你啊？

——明明剛才陛下聽我提起艾米亞的時候露出一副吃驚的臉色，結果……早就在這裡等著我了嗎？真不愧是陛下。

不知怎麼的，艾斯特想到了最初相識時那個總用怯怯目光看著他、彷彿非常害怕的女孩，那個會因為家人的無視而偷偷躲在被窩裡哭泣的女孩，那個……

——不知不覺間，陛下真的是成長了很多啊！

艾斯特不禁想起母親曾對他說過的話：「我親愛的艾斯特，你一直這麼成熟可靠，但我還是要提醒你，千萬不要輕視任何女人，因為她們遠比你所想的要堅強得多，也成長迅速得多。不仔細注視的話，也許某一天你就會發現自己已經被丟下，而對方也已經走到了很遠很遠、很難追上的地方。」
他現在想來，母親雖然不負責任，卻是那樣睿智。
——所以，從此以後也依舊讓我好好的注視著您吧，陛下。
「成功捕捉！」一雙手牢牢的抓住艾斯特的腦袋，有著淺青髮色的瑪爾德勾了勾嘴角，然後低聲對自己的老朋友說：「艾斯特，只把目光投注到他人身上，自己就會不小心掉進溝裡哦。」
「……」
「不過——」瑪爾德戳了戳艾斯特頭上的大包，「你這個早就已經掉進溝裡的人，完全不需要擔心這個吧？」
艾斯特：「……」有這樣的朋友到底是應該覺得幸運，還是覺得擔憂呢？
總而言之，事情的發展出乎意料的順利。
其餘三位守護者對於艾米亞的事情並沒有什麼太大意見，大概就是——
格瑞斯：「哼，就是那個被我打敗的小白臉嗎？艾斯特的弟弟果然和他一樣廢柴。」
莫忘：「……」重點歪啦！
賽恩：「哈哈哈，我記得當時狠擊了他的肋骨，不知道斷了沒？早知道那是艾斯特前輩的弟弟，就不下那麼重的手了。」

莫忘：「……」真的不知道嗎？而且……天然呆切開果然都是黑的！

瑪爾德：「我什麼都不知道，什麼都不記得。」

莫忘：「……」是啊，暈過去了嘛！

所以，艾米亞就這樣撿回了一條狗命，真是可喜可賀，可喜可賀！

而剩下的知情者唯有勇者大人和他的小夥伴們了，但是他們似乎沒興趣管這些閒事。勇者大人正忙著備課以幫自家小青梅瘋狂補習，白貓布拉德忙著纏艾斯特，白狗薩卡縮在王宮的廚膳間裡蹭吃蹭喝不肯走，白鼠尼茲正在默默的使用能力複製黏貼王宮圖書館中的典籍，而「瘋狂的小鳥」金毛尤雅不知怎麼的與賽恩這隻金毛看對了眼，兩者成天到處鬥毆。

據說艾斯特看到維修報告後整個人都不好了，直接拔出劍把一人一鳥冰封了整整一天！

★◎★◎★◎★◎

幾天後，隨著莫忘的補習畫上句點，她回那個世界的日期也要到了。

在那之前，莫忘得知了一件事——艾米亞想要見她。

思考了片刻後，她答應了，反正事情已經塵埃落定，他應該不至於再傷害她，再說……真打起來，近身戰的話，身為魔法師的他也未必是她的對手——大概是因為登基或是別的緣故，她的自帶魔法居然全部被提升到了中級，簡直是個奇蹟！

其實，本身某一項是有可能升到高級的，可惜她在艾米亞的事上撒了個巨大的謊，於是魔力值被嘩啦啦的往下扣……啊，真是讓人憂傷！

敏捷和體質姑且不提，力量加成可真把她嚇到了。

只是輕輕放下茶杯，結果把桌子捶碎……然後地板也裂了，她和桌子碎片一起掉入下層什麼的……啊啊啊！那種可怕的經歷絕對不願再回想！

現在想來，之前砸艾斯特的頭真是太冒失了，萬一不小心開了他的瓢……她不要做殺人凶手啊喂！

好在經過這段時間的練習，她已經能和以前一樣好好的掌控住力氣。

——呵呵呵呵，希望艾米亞那傢伙足夠乖，否則……咳！

那個蠢蛋被揍傷後，莫忘已經偷偷的和其他人商量過關於他的事，所以艾米亞是以「因為受傷所以需要靜養」的原因被留在了王宮之中。

艾米亞所住的房間中遍布著各式各樣、大大小小的隱形禁錮魔法陣，而房間的左右兩邊分別是賽恩與瑪爾德在居住——與需要處理家中事務的艾斯特和格瑞斯不同，他們不是家主，沒有擔負那麼多的責任，頂多回去看看親人再小聚一下，除此之外可以盡情的在王宮中享受「幸福時光」。

謝絕了其他人的陪同，莫忘毫無怯意的走進了艾米亞的房間。

因為房間中所有的魔法陣都對魔王陛下無條件開放的緣故，莫忘沒有受到任何阻礙就走到對方的床邊。

莫忘雖然看不到，卻清楚的知道地板上印刻著一座巨大的紅色魔法陣，它是由三十多個小型魔法陣連接而成的。而艾米亞的脖上也戴著一條銀色的項鍊。她聽布置這座魔法陣的格瑞斯說過，一旦艾米亞有任何想要逃跑的跡象，房間中的套環魔法陣便會同時發動，與此同時，他脖子上的鎖鏈也會現出原形，將他牢牢的束縛住，除非砍斷脖子，否則沒有任何離開此地的方法。

見莫忘進來，靜坐在床上的艾米亞開口說：「妳來了？」

「嗯。」莫忘點了點頭，「身體怎麼樣了？」

「除了肋骨還有點疼，其餘都沒什麼大礙。」

莫忘：「……」喂喂，賽恩那傢伙到底是下了怎樣的黑手啊？！

艾米亞突然說：「妳知道是誰做的？」

「啊？」莫忘被嚇了一跳，默默流著汗、抓臉頰，「那個啊……」

「還是這麼容易被看穿。」艾米亞嗤笑了一聲，「妳真的是魔王陛下嗎？」

她有些尷尬的回答：「如假包換……大概……」

「還是別換了，畢竟像妳這麼蠢的魔王恐怕不可能再遇見——聽說妳打算放過我？」

不知怎麼的，聽到對方還是這麼毒舌，莫忘反倒覺得氣氛沒那麼奇怪了，「算是吧，不過如果你再做些奇奇怪怪、損人不利己的事，我會好好懲罰你的。」

「哦？」艾米亞微挑起眉，顯然有些不太相信她的話。這樣一個心軟的蠢蛋魔王，能想出什麼懲罰辦法啊？

「嗯，比如扒光你的衣服遊街？」

「……」

「再比如扒光你的衣服掛在城牆上？」

「……」

「再比如扒光你的衣服……」

艾米亞忍無可忍的問道：「為什麼總要扒光我的衣服？！」

「因為有人對我說，這種方法對於愛面子的人來說超級有用，強烈的羞恥感有時候比疼痛感更帶勁呢。」莫忘笑，「想試一試嗎？其實我挺有興趣的。」當然是撒謊的，不過不要告訴他～

──等等！魔力值！魔力值又飛走了！啊啊啊啊，為什麼會忘記啊喂！QAQ

「……」抖Ｓ！他早在她揍自己的時候就該清楚，這個看起來單純可愛善良天真文雅認真的女孩絕對是抖Ｓ！

但是，怎麼說呢？被她虐待似乎還挺帶感？不不不，一定有哪裡不對！

莫忘歪了歪頭，看著表情奇怪的艾米亞，疑惑的問：「呃，你那種又痛又爽的表情是怎麼回事？」

艾米亞：「……」他有露出這種表情嗎？不，這不是重點，而是──

「妳是把我當變態了嗎？」

「難道你不是嗎？」

艾米亞：「……」他當然不是！

莫忘不說話，只默默盯著對方。

一分鐘後，艾米亞敗退，「妳想怎樣？」

「……是你想見我的吧？」別說的好像她要迫害他一樣好嗎！

可憐的弟弟君扶額，他覺得自己的腦袋可能被揍壞了——記得當時不知道是誰抓著他的腦袋狠狠的搓了幾下地板。

不管怎樣，這傢伙終於找回了之前想要說的話：「為什麼要放過我？無論從什麼角度看，我對妳和哥哥做的事情都是不可饒恕的吧？」

「你知道就好。」莫忘不客氣的瞪向他，「既然如此，就活著好好懺悔吧！」

「懺悔啊……」

「其實我一直在想，你恐怕從沒有想過要殺死我和艾斯特吧？」

「……妳為什麼會這麼想？」

「唔，直覺？」莫忘嘗試著組織語言，以闡述清楚這種沒來由的想法，「我問過尼茲，要破解艾斯特身上的詛咒的確只有兩種方法，但如果施法者付出某種代價，哪怕到達最後的關頭，也是可以強行打斷的。」

艾米亞對她的話不置可否，只反問說：「妳認為我會這樣做？」

「我不知道。」莫忘誠實的搖頭，「而我到達這個世界之後，你所下達的命令也只是抓捕，我覺得……你可能只是想囚禁我，並非要殺死我。」

「為什麼會這樣想？」

「……這句話你已經問第二次了。」莫忘望天，「我的答案還是直覺……嗯，大概是因為囚禁我比起殺死我可以得到更多好處？魔王可以死去，卻不會消失，畢竟如果我死了，就會有新的魔王誕生。而且，利用『被囚禁的魔王陛下』的力量似乎也是個不錯的選擇？」

她說完，笑著攤手，「這麼看來，你的殺害罪的確是子虛烏有，那麼赦免你也不是什麼過分的事情。」

「……」

「當然，這全部都只是我的猜測而已，沒有對任何人說過。」她總覺得就算是真的，艾米亞這傢伙也寧願選擇「我就是想殺死他們」那種罪名，莫非這就是傳說中的「傲嬌」？嘖嘖，還真是一點不萌啊！

「……哼，這種沒有任何根據的猜測，的確沒有說的價值。」

看到某人得意的臉，莫忘有點不太爽，她一不爽，突然就想欺負人：「不過我覺得你哥哥大概心裡很清楚。」

這話倒不是撒謊，也是莫忘的直覺。她總覺得如果不是這樣的話，艾斯特也不會那麼容易就被說服。哎哎，為什麼每個男人的心中都藏著那麼多秘密呢？真是複雜的生物。

「……」

「畢竟你們是兄弟嘛，聽說你小時候的尿布都是他洗的。」

艾米亞下意識辯解道：「誰讓他洗過那種東西啊！明明是哈麗……」

莫忘意味深長的摸下巴，「哦，原來真的有這回事啊。」

「……」喂！抖S，這傢伙絕對是披著小白兔外貌的超級抖S啊混蛋！

「看你還有精神鬧騰，我就放心了。」莫忘走近床邊，伸出手拍了拍對方的頭，「好好養傷，然後用實際行動來贖罪吧。」

艾米亞下意識問：「贖罪？」

「當然，你該不會以為被我赦免就什麼事都沒有了吧？」莫忘笑，「在我的家鄉有一句話叫『死罪可免，活罪難逃』，所以你要活著好好的受罪。」

「……」雖然沒聽說過那句話，但總覺得話意似乎不應該是這樣吧？

莫忘嘿嘿一笑：「開～玩～笑～的～」

「……妳其實是在玩我吧？」

莫忘驚訝道：「咦？被發現了？」

「……」

「之前我被你玩了那麼久，小小的報復一下不過分吧？」她不太負責任的聳聳肩，「說實話，作為一個主人，你的脾氣真是糟透了！不過大方這點倒是很好，繼續保持啊。希望下次回來的時候，你能變得不那麼……嗯，奇怪……雖然我覺得可能挺難的。」

——畢竟江山易改本性難移，狗改……不，這個不能用，似乎把艾斯特一起罵了。

「……妳要走？」艾米亞毫無疑問沒抓住話語的重點。

「嗯，是啊。」莫忘很乾脆的點點頭，「按照這邊的時間計算，我大概兩個月才會回來一次吧。」

「是嗎……」

「好，時間差不多了，你好好養傷，我走了。」

眼看著女孩轉過身，艾米亞下意識喊道：「等一下……」

「嗯？」莫忘轉過身，疑惑的問：「還有什麼事嗎？」

「……不，沒什麼。」

「啊哈哈哈，不會是捨不得吧？」莫忘噴笑出聲，「我說你都這麼大人了，要不要這麼黏人啊？」

艾米亞吐血：「……」各種意義上說，她還真是毫無羞恥之心呢。

「放心吧，艾斯特這次會留下來，你不用擔心會很多天見不到他啦！」

艾米亞繼續吐血：「……」原來是他意會錯了嗎喂！

「那我走了啊，再見！」

「……再見。」

很快，女孩的身影消失在了房間中。

艾米亞注視著她之前站過的地方，那清脆的聲音彷彿還在耳邊持續響起，人卻已經消失了蹤影。他深吸了一口氣，又緩緩呼出，「兩個月啊……」

★◎★◎★◎★◎

沒多久後，莫忘成功的與一大群人獸（啥？）回到了現實世界。

這一次留在魔界的是艾斯特與格瑞斯，賽恩和瑪爾德則跟隨她來到了這邊。當然，下次人選會根據實際情況進行替換。

勇者少年和他的小夥伴們當然也都一起回來了——雖然布拉德比較想跟著艾斯特，雖然薩卡不想離開廚膳間，雖然尼茲不想離開圖書館，雖然……好吧，尤雅還是很樂意的，因為金毛一起回來了嘛！

某種意義上說，石詠哲這個傢伙還真是悲劇，眾叛親離莫過於此！

傳送的「門」被固定在儲藏室，而莫忘從其中跑出去後的第一件事，就是查看日曆上的時間。

八天。

雖然明知道兩個世界時間的流速是不同的，但知道是一回事，正式確定是另外一回事。

她長長的舒了口氣，這真是太好了。

不管怎樣，沒被當成失蹤人口真是太好了！QAQ

不過……

「阿哲，你到底是以什麼理由幫我請假的啊？」

「妳老家有急事，所以和表哥一起回去了。」

莫忘表示自己開始有點懷疑班導師的智商。她又問：「……老師居然同意了？」

結果她家小竹馬卻非常淡定的說：「我偽造了我媽的簽名。」

「……喂！」這種事情用這麼淡然的語氣說真的沒問題嗎？

「不然妳說怎麼辦？」瞥。

「……」好吧，她是真的沒辦法，話又說回來，「那你怎麼跟石叔和張姨說的？」

「妳老家有急事，所以和表哥一起回去了。」

莫忘表示自己又有點開始懷疑石叔的智商，「……張姨就算了，石叔怎麼可能相信？」

小竹馬再次很淡定的說：「我把老師的批假條給他們看了。」

「……喂！」這傢伙是兩邊下手嗎喂！莫忘表示不可思議，「他們都不懷疑？」

「我讓妳『表哥』對他們用了一點暗示魔法。」

莫忘扶額，「你做壞事還真是順手啊？」該說人不可貌相嗎？她家小竹馬到底在什麼時候進化到了這個地步？完全不知道好嗎？！

石詠哲輕哼了聲，伸出手狠狠的捏她的臉，「為了某人我能做的不能做的全都做了！妳還抱怨些什麼啊？」不過看在她能平安回來的分上，就不和這個笨蛋計較了。

「痛痛痛……」莫忘拚命扯某人的手，「我臉都要腫了喂！」

「哼。」石詠哲有點依依不捨的收回手，「我先回去了，妳待會來我家吃飯吧，帶著妳的『表哥們』一起。」

「嗯！」

稍微又說了幾句後，兩人轉而分散，各做各的事情。

莫忘先安排房間，賽恩依舊住原來的，而瑪爾德則住格瑞斯的，好在艾斯特似乎提前對自己的朋友說過需要注意的一些事情，故而青髮青年並沒覺得有多不習慣，反而開始興致勃勃的試用一些「奇怪用品」。

與此同時，石詠哲也悄悄通過陽臺回到了家中，他的心裡有些忐忑，掐指一算，他留在那個世界的時間不到二十天，對於這個世界也就是一天多。開始是留條說「要去同學家住一段時間」，後來回來拿書時又稍微糊弄了一下老媽，可是……老爸真的什麼都沒發覺嗎？

他不太確信。

畢竟……那可是個堪稱惡魔的男人啊！從小到大不知道給他留下了多少心理陰影……

而少年的預感似乎很不幸的成真了，因為他才一走入房間，就看到自家老爹正坐在自己的書桌旁，對他擺了擺手說：「終於捨得回來了？」

石詠哲：「……」

——不能承認！

——絕對什麼都不能承認！

石詠哲如遇到了猛獸的小動物，身上炸起的每根毛都在提醒自己絕對不能順著對方的節奏來，於是他有些結巴的說：「說、說什麼呢？我只是聽說小忘今天回來，所以去接她而已，哪有什麼捨得不捨得回來啊。」說話間，他的拳頭緩緩捏緊。

「哦。」石叔意味深長的看了石詠哲一眼，直看到自家蠢兒子差點落荒而逃，才呵呵笑了一聲，「原來是這樣啊。」

「當、當然是這樣。」

「我還以為……」

「以為什麼？」緊張！

「不，沒什麼。」石叔站起身，伸了個懶腰，搖頭嘆道：「唉，人老了，孩子們也都長大了，開始有自己的小秘密了。」

「哈哈哈……」石詠哲乾笑了兩聲，「你在說什麼啊？」

「你確定真的要我細說？」

「……」

「好了，我又沒想罵你。」石叔搖了搖頭，頗為鄙視的看向自家兒子，「你在害怕些什麼啊？一個男孩子膽子這麼小怎麼行？那是單身一輩子的節奏。」

石詠哲那叫一個悲憤啊！

——我膽子一點不小，是你太可怕好嗎？而且最後那句話是怎麼回事？詛咒吧？那絕對是詛咒吧？！

「去吧，把小忘回來的事情告訴你媽媽，多餘的話就不用說了，以免她擔心。」

「……嗯。」這個混蛋老爸，到底都知道些什麼呢？

彷彿有讀心術般，石叔突然說：「我什麼都不知道。」

「……」這也敢叫什麼都不知道嗎？！

「不過，我至少知道你和小忘不會去做什麼壞事，這樣就夠了。」石叔一邊說著這樣的話，一邊轉身走開。走到一半，他突然又回過神，如此說道：「對了，要記得你們還是學生，要以學業為重。」

「知道了……」

「呵，光知道沒用，要記住啊，否則……」

「……」那眼神分明是「揍死你」的意思吧？絕對是吧？！

到最後，石詠哲還是沒明白自家神神叨叨的老爹到底都明白了些什麼，又不明白些什麼。想了好一會兒，他無奈的放棄了，自家那隻大魔王只願意在老媽的面前變身成小天使。那種傢伙的神思維哪裡是他這種正常人可以揣測的？所以，他還是別自尋煩惱了！

至少……老爹沒明確的表現出阻止嘛，那就夠了！

當天的餐桌上，張姨對著莫忘好一番噓寒問暖，以至於她的親兒子看著都眼熱了。好在這也不是第一次了，他都習慣了。QAQ

不過，無論如何，他總算是成功的將她從另一個世界帶了回來。

對他來說，這就夠了。

沒有什麼事情比這更重要了，對吧？

《拯救世界吧！少女魔王！05魔王陛下是我的專屬女僕！》完

敬請期待更精采的《拯救世界吧！少女魔王！06》

殭屍王妃
NOVEL
偽裝的魚
水々
ILLUST
末世殭屍貓娘 x 抖S美人王爺
讓人氣得心跳加速、怒得口乾舌燥的主寵系調教(?)文
全套四集，全國各大書店、租書店、網路書店持續熱賣中！
典藏閣
飛小說
華文聯合出版平台
www.book4u.com.tw
采舍國際
www.silkbook.com
不思議工作室_
立即搜尋
版權所有© Copyright 2015

novel
悅大白
illust
jond-D
R.I.P
喪屍愛軟妹
ZOMBIE AND HIS LOVELY FOOD. NO.02 END
面癱系貓型男 X 天然呆軟妹紙 X 無害系犬型男
高冷傲+暖呼呼
怦然心動+各種糾結
我愛妳、他愛妳，妳愛誰～？
+1+1= 3人行 !!!???
全套兩集，全國各大書店、租書店、網路書店持續熱賣中！
典藏閣
華文聯合出版平台
www.book4u.com.tw
采舍國際
www.silkbook.com
不思議工作室
立即搜尋
版權所有© Copyright 2016

總裁大人の求愛攻略
HER MR.★RIGHT
Novel-----霧十
久木-----Illust
霸道總裁
讀作傲嬌
黑屬性
Star
粉紅總裁的少女心
火熱全開!!
我就是有錢、
我就是任性；
總之，
三個月內
我就是要結婚!!!
嗯，就決定是你了，
哈、哈。
全套兩集，全國各大書店、租書店、網路書店持續熱賣中!
典藏閣
華文聯合出版平台
www.book4u.com.tw
采舍國際
www.silkbook.com
不思議工作室
立即搜尋
版權所有© Copyright 2016

飛小說系列 150

拯救世界吧！少女魔王！05

魔王陛下是我的專屬女僕！

出版者■典藏閣
作　者■三千琉璃　繪　者■重花
總編輯■歐綾纖
製作團隊■不思議工作室
郵撥帳號■50017206 采舍國際有限公司（郵撥購買，請另付一成郵資）
台灣出版中心■新北市中和區中山路2段366巷10號10樓
電　話■(02)2248-7896　傳　真■(02)2248-7758
物流中心■新北市中和區中山路2段366巷10號3樓
電　話■(02)8245-8786　傳　真■(02)8245-8718
ISBN■978-986-271-707-3
出版日期■2016年8月
全球華文國際市場總代理／采舍國際
地　址■新北市中和區中山路2段366巷10號3樓
電　話■(02)8245-8786　傳　真■(02)8245-8718
新絲路網路書店
地　址■新北市中和區中山路2段366巷10號10樓
網　址■www.silkbook.com
電　話■(02)8245-9896
傳　真■(02)8245-8819

線上總代理：全球華文聯合出版平台
主題討論區：http://www.silkbook.com/bookclub　◎新絲路讀書會
紙本書平台：http://www.silkbook.com　◎新絲路網路書店
瀏覽電子書：http://www.book4u.com.tw　◎華文電子書中心
電子書下載：http://www.book4u.com.tw　◎電子書中心（Acrobat Reader）

☞您在什麼地方購買本書？☜

1. 便利商店（______市／縣）：☐7-11　☐全家　☐萊爾富　☐其他______

2. 網路書店：☐新絲路　☐博客來　☐金石堂　☐其他______

3. 書店（______市／縣）：☐金石堂　☐蛙蛙書店　☐安利美特animate　☐其他____

姓名：________地址：______________________

聯絡電話：________電子郵箱：______________________

您的性別：☐男　☐女　　　您的生日：________年________月________日

（請務必填妥基本資料，以利贈品寄送）

您的職業：☐上班族　☐學生　☐服務業　☐軍警公教　☐資訊業　☐娛樂相關產業
☐自由業　☐其他______

您的學歷：☐高中（含高中以下）　☐專科、大學　☐研究所以上

☞購買前☜

您從何處得知本書：☐逛書店　☐網路廣告（網站：________）　☐親友介紹
（可複選）　☐出版書訊　☐銷售人員推薦　☐其他________

本書吸引您的原因：☐書名很好　☐封面精美　☐書腰文字　☐封底文字　☐欣賞作家
（可複選）　☐喜歡畫家　☐價格合理　☐題材有趣　☐廣告印象深刻
☐其他________

☞購買後☜

您滿意的部份：☐書名　☐封面　☐故事內容　☐版面編排　☐價格　☐贈品
（可複選）　☐其他

不滿意的部份：☐書名　☐封面　☐故事內容　☐版面編排　☐價格　☐贈品
（可複選）　☐其他

您對本書以及典藏閣的建議______________________

____

____

✌未來您是否願意收到相關書訊？☐是　☐否

✎感謝您寶貴的意見✎

拯救世界吧！少女魔王！

魔王陛下是我的專屬女僕！

少女魔王！ 05

（漫畫團—尖端漫畫工作室）

尖端漫畫出版編輯部　收

235　新北市中和區中山路二段366巷10號10樓

請貼 3.5元 郵票

印刷品